À l'heure de la retraite, ***Maurice Bouchet*** *décide de saisir sa plume et de partager sa passion pour la nature. À travers des personnages authentiques et un style où l'humour pointe sous la sensibilité, il nous raconte la « vraie vie », inspirée par celle des gens de la terre dont il est le fils. Il a publié onze romans aux éditions De Borée.*

La Fille du pertuis

Du même auteur

Aux éditions De Borée

L'Inconnu de Roche Rouge
L'Écharpe de la promise
La Font de l'Ours
La Pierre au mercier
Là où disparaît le torrent
Le Chêne foudroyé, prix Beaujolais 2004
Le Hameau de Jeanne
Les Eaux dormantes
Les Souliers ferrés, prix Obiou 2006
Un bonheur perdu

Autres éditeurs

La Bergerie d'Aiguebelle
La Promesse des cimes

TERRE DE POCHE
45, rue du Clos-Four – 63056 Clermont-Ferrand cedex 2

MAURICE BOUCHET

LA FILLE DU PERTUIS

de Borée
TERRE DE POCHE

En hommage à Simone
qui m'a fait connaître le pertuis...

I

Sur le chemin du torrent

21 juin 193... début d'après-midi

LA DERNIÈRE FOIS QU'IL A CRU APERCEVOIR la tache claire de sa robe, elle était déjà loin devant lui. Elle avait dû atteindre un coude au bout de la ligne droite du chemin forestier qui s'ouvre à la sortie du hameau.

Jusque-là, il n'a pas eu trop de mal à la suivre de loin : sa robe jaune safran est comme un fanal qu'il croit voir apparaître et disparaître au gré des caprices du chemin. Lui, bateau perdu, se raccroche à cette lueur mais sans jamais tenter de la rejoindre ; elle ne voudrait peut-être pas qu'il le fasse.

Maintenant, le chemin longe le torrent qui, au bas du talus, cahote de bloc en bloc, dragon colérique jetant ses eaux grises contre les rives abruptes qui tentent de l'apprivoiser, et brassant les débris qu'il a arrachés dans la gorge sous la montagne de

Féraud[1]. Le corps liquide paraît onduler, tout gonflé des pluies diluviennes de la nuit.

Fasciné comme il l'est à chaque confrontation avec ce qu'il ne peut s'empêcher de considérer comme une bête mystérieuse, Augustin s'est arrêté pour souffler un peu, non sans s'effrayer de cette furie qui jette ses paquets écumants dans un vacarme de cataracte. Ses yeux suivent le fond du ravin que l'eau a affouillé, inlassablement, pour dévaler plus librement sur les dalles luisantes et tenter de bousculer les rochers énormes qui encombrent son lit. Ils ont dû rouler depuis les pentes très raides qui, sur chaque versant, montent à l'assaut et se perdent dans des forêts hostiles de sapins noirs et de fayards qui, jamais, ne subiront l'agression de la cognée.

Quand son regard se heurte à la brume qui cache les falaises, là-haut, bien au-dessus, Augustin reprend sa marche. Il ne voit plus la robe claire, mais elle ne peut qu'être devant lui puisqu'il n'existe que ce chemin, qu'elle et lui connaissent bien, pour s'enfoncer dans la gorge et franchir, par de rudes lacets, la forêt avant de déboucher dans l'alpage des *Queyrières*[2].

---

1. Féraud *: transformation phonétique de Faraud. « Far » : hauteur, rocher.*

2. Queyrières *: de ker, « pierre ». Même origine probable que Queyras.*

Malgré le froid humide, il sent la sueur couler entre ses omoplates sous la chemise de coton. Ses souliers ferrés tantôt s'enfoncent dans un magma de terre noire et de feuilles pourrissantes, tantôt raclent les pierres du chemin avec des tintements sourds. Les branches noires des arbres n'en finissent plus de pleurer en grosses gouttes glacées qui toquent les larges feuilles étalées des adénostyles dont les corymbes lilas frémissent au bout de leurs longues tiges rougeâtres. Le halètement sourd du torrent lui parvient, atténué maintenant par la futaie dans laquelle le chemin zigzague en s'éloignant du fond du ravin. Il n'y a plus trace de la robe safran derrière laquelle il s'époumone.

Alors qu'il approche de l'endroit où il faudra franchir le torrent pour passer sur l'autre versant, il s'alarme de ne pas l'avoir rejointe. Il a pu constater, à maintes reprises, qu'elle marche vite et longtemps, presque autant que lui. L'inquiétude qui le ronge ne cesse de croître. Se pourrait-il qu'elle ait tenté, seule, la périlleuse traversée ? Il se sent la tête en feu et la chair glacée sous la chemise qui lui colle à la peau.

Bientôt, la pente du chemin s'adoucit avant de partir à l'horizontale, vers le nord. Le grondement de l'eau s'est rapproché et Augustin court presque malgré les battements de son cœur qui cogne à grands coups contre ses côtes.

Brusquement, il débouche au bord du torrent. Il blêmit. Là où d'habitude on franchit, un peu malaisément, une sorte de gué en sautant de bloc en bloc, l'eau se précipite maintenant, déchirant ses coulées limoneuses aux rochers et cascadant dans des gerbes d'écume.

Il s'est figé, les pieds dans les graviers blancs de la rive, et il reste longtemps à regarder le flot furieux et la rive opposée au-delà de laquelle le chemin reprend et disparaît dans les premières volutes de la brume.

Il n'y a personne.

Malgré la raison qui lui dit qu'elle n'a pas pu traverser, il se refuse obstinément à regarder vers l'aval où se précipite et disparaît le torrent, et ce refus cherche désespérément à conjurer le mauvais sort.

Il tente de crier son nom mais aucun autre son ne sort de sa gorge que ce coassement à peine audible dont il n'arrive pas à guérir, peut-être parce qu'il l'a trop appelée en vain. Alors, il s'engage dans l'eau qui lui glace les mollets, puis le ventre, dans des poussées rageuses, et le ballotte de droite à gauche, tentant sournoisement de le déséquilibrer pour l'engloutir dans son bouillonnement. Et, tout ce temps, il injurie cette force aveugle qui lui lacère les mains sur les arêtes des rochers auxquels il se cramponne et surtout il lui en veut d'avoir, comme avec lui maintenant, martyrisé peut-être celle dont il crie le nom en silence : Gaïa !...

II

Le goût de la lecture

GAÏA ET SA MÈRE SONT ARRIVÉES L'AN DERNIER, à la mi-octobre, quand il a fallu, en catastrophe, remplacer M. Lantrot l'instituteur. Les deux inséparables, Julien Couderc et Paul Rinçon, et tous les autres gamins du hameau étaient contents : la rentrée des classes avait été décalée de presque deux semaines.

Pour Augustin ça n'a rien changé. Il avait eu ses quatorze ans en mars et il savait depuis longtemps qu'il n'irait plus à l'école. Il n'a jamais fréquenté que celle du hameau, à laquelle tous vont, dans une classe unique, les petits comme les grands. Il aimait son école et aussi M. Lantrot qui faisait souvent appel à lui quand on avait besoin de quelqu'un de costaud. Cette supériorité musculaire avait le don d'agacer Julien Couderc, plus encore que l'application que mettait Augustin à apprendre. Car il apprenait bien, à écrire, compter, et lire surtout, toutes sciences qui lui ont valu ce certificat d'études dont sa mère est si fière.

C'est par elle sans doute qu'il avait pris ce goût de la lecture. Elle avait toujours aimé lire même si, à la maison, il n'y avait que deux livres, l'un et l'autre bien fatigués d'avoir été trop souvent feuilletés. C'est pourquoi Miette ne cessait de répéter qu'il fallait les protéger comme des enfants malades.

*

* *

Miette est la mère d'Augustin. En réalité, sur le registre des baptêmes, on peut lire : Marie-Antoinette. Qui a bien pu l'affliger d'un prénom si difficile à porter ? Quelque lubie de parrain ou de marraine, ou un vieux reste de respect monarchique ? Personne ne s'en est jamais soucié. Pour tout le monde elle est devenue Miette Richard : « Miette, tu pourrais pas venir m'aider pour ceci ? » ou « Miette, dis, tu peux pas me faire ça ? »

Et Miette a toujours fait et toujours aidé.

Souvent Augustin lui donnait un coup de main ; à deux ça va tout de même plus vite. Ses études n'en avaient pas trop souffert et il n'avait pas été le seul que de brusques poussées de fièvre avaient privé de classe : les foins en juillet, le bois en octobre, les doryphores du mois de mai et même les agnelages...

*

* *

Miette et Augustin lisaient le soir. Il ne leur serait pas venu à l'idée qu'on puisse le faire à un autre moment de la journée. Les esprits raisonneurs argueront qu'ils n'en avaient certainement pas le temps. C'est une explication insuffisante. Bien sûr, entre l'école, l'aide qu'il apportait à Miette, les brebis des autres qu'il gardait durant l'été, sans compter quelques petits travaux qu'on lui confiait dans une ferme ou une autre, les journées d'Augustin étaient bien remplies et sa mère était logée à la même enseigne.

Tout de même, il y avait les dimanches, en tout cas... certains dimanches qui voyaient se dégager quelques précieuses heures pendant lesquelles on aurait pu ouvrir les fameux livres. Mais non ! Miette en profitait pour aller au cimetière.

Elle avait économisé sou à sou pour « s'acheter une place ». En attendant d'y reposer elle-même, elle rendait visite à son mari qui dort là depuis 1920. Il avait juste eu le temps de lui faire un garçon, qui a hérité du prénom de son père, avant « de passer » des suites de ce qu'il avait enduré pendant la guerre. Miette ne s'est pas plainte ; cependant, elle aurait trouvé normal que le nom de son Augustin de mari fut inscrit sur le monument aux morts de la commune. Mais voilà, comme l'assénaient certains dans un raisonnement d'une logique implacable :

« À ce compte-là, faudrait revoir le monument tous les ans et… ça pourrait durer encore longtemps, sans compter ce que ça coûte ! »

Pas plus que Miette, qu'il accompagnait à la messe le dimanche matin, Augustin ne lisait le dimanche après-midi. Il préférait de beaucoup se perdre dans la campagne où il vit pourtant toute l'année. Il disait à sa mère, tandis qu'elle était à se couvrir la tête du petit chapeau de feutre noir dont elle avait conservé la voilette de deuil :

« Bon, tu diras bonjour au papa. Moi, j'vais voir mes bêtes… »

Si les autres les avaient entendus, ils n'auraient pas manqué de se moquer. Mais la mère et le fils se comprenaient à demi-mot.

De bêtes, à part quelques poules, maintenant encore ils n'en possèdent pas en propre. Ils doivent se contenter de soigner celles des autres, vaches ou moutons. Les bêtes d'Augustin ne sont à personne ; enfin… elles sont à tout le monde… Il ne saurait bien expliquer ce paradoxe. Le lièvre de Serre-Leroux par exemple, dont lui seul Augustin connaît presque tous les gîtes, à qui est-il ? Et la compagnie de perdrix rouges qu'il « lève » régulièrement dans la terre des

Couderc et qui immanquablement pique, toutes ailes bien écartées, dans le creux couvert de taillis de Jacques Bazire ? Il n'est pas jusqu'aux sangliers, qui ont caché leur bauge dans une ancienne *naïsse*[1] que plus personne ne connaît à part lui, Augustin, dont on saurait dire s'ils sont à Jeantrot, le propriétaire du routoir, ou au village dont le bois communal est mitoyen.

Quand Augustin les avait découverts, la première fois, les cochons avaient failli le renverser dans leur fuite. Le cœur battant la chamade, il avait écouté leur cavalcade qui torturait les feuilles sèches et les branches cassées tandis que, soufflant et grognant, leur troupe de diables noirs disparaissait sous le couvert. Puis il avait ri en silence parce qu'un des marcassins n'arrivait pas à suivre le train d'enfer et couinait de peur loin derrière les autres.

*

* *

Il retourne souvent à la *naïsse*, avec prudence toutefois. Le père de Julien Couderc, un enragé de chasse, ne prétend-il pas que les sangliers sont dangereux et bien capables de manger l'imprudent qu'ils pourraient renverser :

---

1. Naïsse *: mot occitan qui désigne le « routoir », réservoir d'eau ou mare dans lesquels on faisait rouir le chanvre. Des lieux-dits ou des hameaux ont pris ce toponyme.*

« C'est p't'être comme des cochons mais... en bien plus sauvages... Déjà que les cochons, hein ?... »

Le bonhomme s'en tient là mais le ton employé et les regards lourds de suspicion qu'il jette autour de lui cachent des sous-entendus que tous comprennent. Chacun a en mémoire des histoires invérifiables de filles et de leurs marmots qu'elles ont su si bien cacher sous un tas de jupons dont elles se trouvent ne plus avoir besoin du jour au lendemain...

*

* *

Miette et Augustin n'ont toujours lu que le soir. Sans s'être jamais donné le mot, ils se rejoignent sur l'idée que seule la nuit facilite l'entrée dans le monde imaginaire et, pour tout dire, un peu magique des livres.

Ils ont besoin de l'obscurité du dehors pour se réfugier dans le halo de l'unique lampe dont est équipée la petite maison qu'ils habitent. L'ampoule en est fixée sous un chapeau cylindrique de métal laqué de blanc et qu'Augustin compare à une assiette. Le tout est suspendu à un fil torsadé qui court sous le plafond après être sorti d'un interrupteur de porcelaine accroché au mur à côté de la porte.

Dans les premiers jours où on leur avait installé l'électricité, ils ne tournaient le bouton en bois de l'interrupteur qu'avec réticence parce que la manœuvre déclenchait un petit « crac ! » inquiétant dans le même temps que le filament de l'ampoule s'embrasait. Cette électricité était si mystérieuse que Miette avait longtemps hésité avant de se décider à nettoyer précautionneusement l'ampoule qui s'était couverte de chiures de mouches, ce qui tamisait plus encore une lumière pourtant déjà bien chiche. Puis, ils se sont habitués et n'ont d'alarme que lorsque l'orage gronde et que la lumière vacille avant de disparaître, comme si la foudre avait décidé de confisquer à son seul profit l'électricité qui n'arrive plus dans l'ampoule.

*

* *

Comme il n'y avait que deux livres dans la maison, en plus du missel de Miette évidemment... et qui n'était pas un livre, il aurait pu se produire des disputes entre la mère et le fils quant à savoir qui choisirait en premier, d'autant qu'ils lisaient toujours au même moment. Mais le ciel bleu, dans lequel tous deux flottaient pendant ces soirées, jamais n'était assombri d'un nuage de discorde.

Une sorte de protocole s'était instauré. Sitôt le repas terminé, la vaisselle lavée et rangée, et la table soigneusement nettoyée, Miette ouvrait un tiroir du buffet. Elle en sortait une petite couverture marron et, lissant les plis de la main, l'étalait sur la table :

« Faudra quand même que je trouve quelque chose de mieux ! »

Il y avait bien quatre ou cinq ans qu'Augustin entendait cette remarque dont il ne s'étonnait plus : elle faisait partie du rituel. Miette ensuite allait dans la petite pièce qui lui sert de chambre.

Tout ce qu'Augustin en connaît est ce qu'il a pu voir par la porte entr'ouverte ; c'est pour lui un lieu un peu secret que sa mère, pourtant, ne lui a jamais interdit.

On entendait le grincement de bois d'une porte d'armoire qui s'ouvrait. Miette revenait portant, comme le Saint-Sacrement, les deux livres dans ses bras et les posait sur la couverture. Pendant qu'Augustin, déjà assis sur sa chaise et les bras appuyés devant lui sur la table, la regardait et attendait, Miette réfléchissait cinq ou six secondes puis sa main se tendait vers l'un des deux livres :

« Pour changer, j'crois que j'vais lire dans celui-ci ! »

Elle s'asseyait à son tour et ouvrait le livre choisi à l'endroit précis où s'était arrêtée sa lecture précédente. Il lui suffisait pour cela de retrouver le marque-page qu'elle n'avait pas oublié de placer la veille ou l'avant-veille, à la fin de sa lecture. Elle en avait confectionné deux dans du papier journal et qu'Augustin avait toujours vus ; ils devaient être anciens parce que le papier en était tout jauni. Ils avaient été découpés soigneusement, en évitant le gaspillage, le reste de la feuille ayant dû finir dans le poêle pour allumer le feu. Sur l'un des marque-pages, et sans qu'il y ait eu volonté de la part de Miette, les ciseaux avaient fait apparaître la moitié droite du visage de Clemenceau flanqué de lambeaux des phrases incompréhensibles de l'article qui l'accompagnait. Sur l'autre marque-page, la partie gauche du visage de l'ancien président du Conseil regardait le lecteur de son œil unique, ce qui provoquait quelquefois une réflexion de Miette et faisait sourire Augustin :

« Ah ben ! le Tigre il aurait pas été content s'il avait su qu'on lui couperait sa moustache en deux ! »

Elle commençait sa lecture et Augustin, qui avait attendu patiemment, attirait à lui le livre restant et l'ouvrait au hasard. Il remontait de quelques pages pour retrouver le début du chapitre et s'absorber à son tour dans les mots qui l'enveloppaient et le noyaient de leur flot d'imaginaire.

Ils lisaient lentement. Quand leurs yeux tombaient sur une gravure, ils l'examinaient longuement, s'assurant de la présence effective de chacun des détails qu'ils avaient déjà vus maintes et maintes fois, et c'était un plaisir toujours neuf que de les retrouver exactement à l'endroit où on les attendait prouvant par là leur permanence et la réalité de ce qui était écrit tout autour.

Miette restait bien droite, les deux mains tenant sans raideur le livre un peu relevé, comme posé sur un lutrin. Ses lèvres bougeaient sans bruit, qui marquaient le rythme de la lecture. Augustin, la tête légèrement penchée appuyée sur la main gauche, laissait sa main droite caresser doucement la tranche du livre devenue un peu pelucheuse à force de vieillesse. Il prenait bien garde de ne pas déplacer le marque-page qu'avait laissé Miette un ou deux jours auparavant.

Ils lisaient ainsi, l'un en face de l'autre. Le silence rôdait dans la pièce, plus épais sous le halo jaune de la lampe, et seulement rompu de temps à autre par le bruit des pages qu'ils tournaient sans jamais y poser un index mouillé de salive « parce qu'à force, le doigt mouillé ça laisse des traces et qu'en plus, la bouche, c'est pas propre... »

Au bout d'une heure environ, Miette poussait un soupir qui marquait la fin de la récréation :

« Bon, c'est pas tout ça, faut aller dormir, sinon... »

Ces mots rompaient l'enchantement et faisaient surgir le lendemain avec son lot prévisible de tracas et aussi ses incertitudes. La mère et le fils refermaient leur livre, elle sans jamais oublier d'y glisser le marque-page. Pendant qu'Augustin repliait soigneusement la couverture marron avant de la remettre dans son tiroir, Miette emportait les deux volumes et on entendait à nouveau grincer la porte de l'armoire.

*

* *

Si on leur avait demandé de choisir un seul livre, pour le garder et l'emporter « sur l'île déserte » de la couverture marron, ç'aurait été un douloureux dilemme. Miette aurait beaucoup hésité et aurait fini, sans doute, par opter pour *Le Tour de France par deux enfants*. Qu'il existât des champs de blé, vastes comme la mer qu'elle n'avait jamais vue, dans une région appelée Beauce, ou que le charbon sortît à pleins wagons des mines du Nord alors qu'elle avait quelque peine à se procurer le bois qui brûlait dans le poêle, sans parler des chapons gras et dodus qu'on élevait dans le « pays » de Bresse : toutes ces richesses, et d'autres encore, dépassaient un peu l'entendement. Mais elle y croyait, avec un peu d'envie et, malgré tout, un certain détachement.

Augustin, sans hésiter, aurait gardé le livre dans lequel il avait découvert, dûment répertoriées, les sept Merveilles du Dauphiné, flanquées de quelques autres un peu moins merveilleuses mais n'en méritant pas moins l'admiration. Dans ce même livre, au fil des pages, on croisait au large des rives inconnues de contes du pays dauphinois, et autres histoires toutes plus vraies que vraies, et parfois plus extraordinaires que les contes. Et tout ça était arrivé ou se passait encore dans des villages ou des « pays » tout proches de chez lui, en *Valgaudemar*[1] ou un peu plus loin, en Vercors, en Chartreuse ou dans Belledonne, ces massifs dont il savait les noms et rêvait qu'un jour, quand il serait un peu plus âgé, il pourrait les voir de ses propres yeux. Il suffirait de monter dans le train, qui l'emmènerait jusqu'à Grenoble, ce train dont le gouvernement n'avait pas voulu qu'il vienne jusque chez lui, en *Champsaur*[2], et dont on voit encore, en pleine nature, les cicatrices de la construction qui a été arrêtée il y a quelques années, allez savoir pourquoi. Mais baste ! on serait allé le prendre à la gare de *Corps*[3] où se trouve le terminus du chemin de fer.

Aujourd'hui, tout cela était du passé, un passé tout proche mais, entre-temps, il y avait eu l'arrivée de Gaïa...

---

1. Valgaudemar *: la vallée de Gaudemar ou Godemar, un des derniers rois burgondes, qui s'y était réfugié après sa défaite contre les Francs vers 340.*

2. Champsaur *: de l'ancien occitan* saur *qui signifiait « blond ». Le* Champsaur*, blond des blés qui y poussaient généreusement, c'est ce qu'aurait prétendu César en découvrant cette vallée.*

3. Corps *: du latin* corvus*, corbeau. Corps, le pays des corbeaux.*

III

Une nouvelle institutrice

Tout ce qu'on a su de Gaïa et de sa mère, quand elles sont arrivées, c'est qu'elles venaient de la ville ; certains ont dit de Grenoble mais rien n'était moins sûr. P'titPa est allé les chercher à la gare. Il avait attelé sa mule très tôt le matin parce qu'il y a un bon bout de chemin pour descendre jusqu'au Drac d'abord, et monter la dure côte du Motty ensuite avant de laisser souffler la mule dans les méandres qui amènent jusqu'au village et au terminus du chemin de fer. Il avait eu tout le temps de regarder l'Obiou qui avait reçu sa première neige et qui, du haut de ses presque deux mille huit cents mètres, paradait au-dessus de la faille où coule le Drac qu'on est en train de dompter par un barrage qui se construit sous le vertigineux pont du Sautet. C'est vrai que tout le monde maintenant veut l'électricité.

Le petit char à bancs s'est révélé bien suffisant pour les quelques valises des deux voyageuses. Elles n'avaient de meubles qu'une minuscule table surmontée d'un miroir ovale et, recouverte de tissu, une petite chaise basse qui allait avec la table. Plus tard, les femmes du hameau ont assuré que c'était « une coiffeuse », curiosité que personne n'avait eu la chance de posséder jusqu'alors, et devant laquelle, paraît-il, on peut s'asseoir pour se coiffer et se pomponner.

Pour le reste, Gaïa et sa mère devraient se satisfaire des meubles hétéroclites que les instituteurs, s'étant succédé dans le logement de l'école, avaient installés au cours des années, qui une table, qui une armoire ou un coffre, plus quelques chaises dépareillées qu'il faut rempailler de temps à autre, sans oublier deux petits lits de fer qu'on avait repeints à la hâte et garnis de matelas neufs. Dans la pièce assez grande qui sert de cuisine et de salle à manger veille un gros « poêle à trois trous », comme tous en ont un, et qui sert pour le chauffage et la cuisine. C'est Léon Vignal qui en avait fait cadeau à M. Lantrot pour le remercier d'avoir réussi à traîner son chenapan de fils jusqu'au certificat d'études que le garçon, d'ailleurs, avait lamentablement échoué.

L'attelage est revenu vers 11 heures. P'titPa affichait son éternel sourire dont on ne sait jamais s'il est sincère ou non. En 1916, une balle lui avait ouvert la joue jusqu'à l'oreille. C'était miracle que la mort soit passée si près, mais la cicatrisation mal maîtrisée tire maintenant la bouche vers la droite en laissant quelques dents découvertes. Depuis qu'il est revenu de la guerre, P'titPa n'a jamais pu se marier. Toutes les filles ont dit qu'elles avaient peur de ce grand garçon maigre qui est toujours à sourire sans qu'on sache pourquoi. Aujourd'hui qu'il a dépassé la quarantaine, il est toujours aussi grand et maigre et continue de sourire de façon énigmatique, certains diraient même sardonique s'ils connaissaient cet adjectif. P'titPa vit dans une ferme à la sortie du hameau, avec son père Grand'Pa, petit homme taciturne, râblé et court sur pattes. Il y a là un paradoxe, dont ne s'étonnent pourtant pas ceux qui les connaissent, que le père et le fils soient affublés de surnoms qui leur correspondent si peu.

*

* *

Émilie Couderc a été bien déçue. Elle guettait depuis le matin le retour de P'titPa et, surtout, elle avait hâte de découvrir l'institutrice puisque l'Administration en avait ainsi décidé : M. Lantrot serait remplacé par une femme. Émilie se lamentait à l'avance de ce que son Juju de fils comme elle l'appelait, déjà si difficilement tenu en main par un homme, allait bien pouvoir lui infliger de tracas supplémentaires avec une femme responsable de l'école et malgré les

« tannées » administrées généreusement à coups de ceinture par son père.

Le char à bancs est passé devant la fenêtre d'Émilie et, sur le siège, à côté de P'titPa, elle a distingué deux silhouettes. Intriguée, elle a attendu quelques secondes avant de s'installer dans l'encoignure de sa porte pour surveiller les opérations. Les autres, Solange Rinçon en particulier, lui seraient reconnaissantes des nouvelles qu'elle était la mieux à même de fournir puisqu'elle habite assez près de l'école.

La mule s'est arrêtée un peu plus loin, le conducteur a sauté à terre et s'est dépêché de la saisir par la bride pour l'empêcher de faire un écart. Une femme est descendue à son tour, plutôt souplement, malgré les bottines à talons qui la chaussaient. Émilie a haussé les épaules. La femme était grande et mince sous son manteau sombre. Ce devait être l'institutrice. Alors qu'Émilie essayait de deviner son visage sous un petit chapeau penché sur le côté, l'autre personne a sauté à terre. Émilie a émis un « Ho ! » de surprise : il n'y avait aucun doute sur le fait que l'institutrice était accompagnée d'une très jeune fille. Un peu plus tard, en faisant son rapport aux autres, Émilie a été incapable de se souvenir d'autre chose que de ses cheveux. Même vus d'un peu loin, coiffés en anglaises qui tombaient souplement sur les épaules, ils semblaient attirer la lumière qui s'y accrochait ! En racontant ça, Émilie n'a pu se retenir d'une petite perfidie :

« Des cheveux pareils, j'en ai jamais vu mais... c'est qu'y faut avoir le temps de s'en occuper... pas comme nous bien sûr ! »

Elle n'avait pas eu le loisir d'en voir davantage. Les deux arrivantes s'étaient engouffrées dans l'escalier qui conduit à l'appartement au-dessus de l'école.

Placidement, P'titPa a posé sur le sol ce qui devait se révéler être une « coiffeuse » et sa chaise. Il s'est alors occupé des valises qu'il a montées, en plusieurs fois, dans l'appartement. Pendant ce temps, les deux meubles patientaient, incongrus, au milieu de la rue poussiéreuse où finissaient de sécher quelques bouses hérissées de fétus de paille. Des gamins sont passés, et l'un deux a tiré la langue devant la glace puis ils se sont enfuis en criant et Émilie s'est surprise à les envier. Enfin, P'titPa a saisi les deux meubles et chacun s'est balancé au bout de ses grands bras pendant qu'il disparaissait dans l'escalier. Dehors, il n'y avait plus que la carriole, et la mule qui agitait ses grelots à petits coups de tête impatients. Ç'a été le déménagement le plus rapide qu'on n'avait jamais vu et, deux mois après... on en parlerait encore.

*

* *

« Y devrait plus tarder maintenant... hein, Augustin, qu'est-ce t'en penses ? »

Le garçon a tourné la tête vers Grand'Pa qui venait de lui poser cette question. Ils attendaient P'titPa. Le garçon n'a pas répondu puisque l'un et l'autre savaient bien que c'était une de ces questions sans réponse, que l'on pose sans s'y attarder, et qui permettent de meubler le silence quand celui-ci se prolonge tant qu'il finit par vous mettre dans l'embarras.

Grand'Pa, qui était assis et regardait dans le vague, s'est levé un peu lourdement pour aller vers le poêle sur lequel mijotait le ragoût de pommes de terre. Il n'avait pas manqué d'y ajouter quelques solides côtelettes de mouton ; des effluves un peu corsés ont flotté au-dessus de la daubière portés par de petits filets de vapeur qui se sont échappés quand Grand'Pa a soulevé le couvercle. Augustin se régalait à l'avance même si le ragoût est le seul plat qu'ait jamais su cuisiner le bonhomme, sans tenir compte de la soupe du soir bien entendu.

« Ça sera moins bon que si c'était Miette hein ? Ta mère, elle en connaît un bout pour la cuisine ! »

Grand'Pa a cligné de l'œil :

« T'auras qu'à demander à P'titPa ! »

Il a ri, tout seul, de sa plaisanterie, et c'était sans joie. Augustin a baissé le nez : cette saillie ne l'amusait plus. Il y avait quelques années encore, elle le faisait rire sans qu'il sache trop pourquoi ; peut-être la tête d'enfant grondé de P'titPa en était-elle la cause ? Le temps passant, le garçon avait fini par comprendre, surtout quand Grand'Pa pimentait la plaisanterie par des allusions détournées qu'il appuyait d'un clignement de l'œil en désignant son fils d'un léger coup de menton. Maintenant, lorsque cela se produit, P'titPa se trémousse sur sa chaise avec un air gêné et baisse la tête ; sa main droite écrase un morceau de pain, machinalement. Il murmure, pour lui-même plus que pour les autres :

« Sûr que Miette, ta mère, pour la cuisine, ben... c'est dommage... »

Il ne se prononce jamais sur ce qui lui paraît si dommage.

*

*   *

On a entendu, dans la cour, un bruit de roues ferrées et les sabots de la mule qui heurtaient les pierres, puis la voix de P'titPa :

« Holà ho ! Ça va bien ! »

Augustin s'est levé :

« J'vais l'aider à dételer ! »

Grand'Pa a hoché la tête en suivant des yeux Augustin qui passait la porte.

Ce gamin, il l'aime bien. Le plus souvent possible il demande à Miette, sa mère, de le lui envoyer pour donner un petit coup de main. C'est en tout cas le prétexte qu'il a toujours invoqué, tant pour lui-même que pour les autres, feignant d'ignorer l'attirance affectueuse que lui a toujours inspiré le fils de son « pays », l'autre Augustin venu comme lui, Grand'Pa, du Dévoluy tout proche, et qui a épousé cette Miette ; et elle qui n'arrive pas à en faire son deuil et, tout ce temps, son fils à lui, ce nigaud de P'titPa qui se contente d'écraser son pain au lieu de... Non ! ce n'est pas tout à fait ça... Il faut être juste. P'titPa a toujours fait tout son possible mais avec la tête qu'il a ramenée de cette p... de guerre, le « pôvre ». Et cette Miette n'est pas la première venue, travailleuse, fidèle, et encore bien appétissante ma foi !

*

*   *

P'titPa a poussé la porte et est entré avec Augustin sur ses talons. Ils se sont assis, l'un à côté de l'autre, sur le banc de bois. Sans un mot, Grand'Pa a posé la daubière sur la table et s'est assis à son tour en face des deux autres. Il s'est servi une bonne portion avant de passer la louche à son fils. Celui-ci a regardé Augustin par en dessous ; un sourire a élargi encore la brèche qui lui barrait la joue droite :

« T'en veux pas j'crois ? »

Augustin a joué le jeu, comme souvent. Il a tendu son assiette :

« Mets-en guère. Aujourd'hui, j'ai pas faim ! »

Tous trois se sont mis à rire et P'titPa a copieusement rempli l'assiette du garçon avant de se servir lui-même. On n'a plus entendu que le bruit des fourchettes et la croûte du pain qui grésillait pendant qu'ils mangeaient lentement. Enfin, Grand'Pa a levé les yeux sur son fils et a demandé :

« Alors ? »

P'titPa a enfourné une dernière bouchée, saucé soigneusement avec son pain un reste de ragoût et l'a englouti prestement. Il a posé commodément ses coudes sur la table en repoussant son assiette vide :

« Alors ? Ben alors... y avait bien assez du p'tit char à bancs pour le déménagement ! »

Il parlait lentement, regardant alternativement son père et le garçon. Eux écoutaient, avec une grande envie de savoir mais ne se sentant pas le droit de presser le narrateur.

P'titPa a fait volontairement traîner les choses. Il se savait au centre de l'attention et a cabotiné un peu, juste ce qu'il fallait, en détaillant d'abord le voyage jusqu'à Corps, à la gare. Il a glissé quelques allusions sur ceux qu'il avait rencontrés, Perrot notamment, qu'il avait emmené jusqu'au bourg :

« Il est toujours bien vaillant mais y m'a dit qu'il avait arrêté de faire le conseiller municipal, rapport à son âge. »

P'titPa s'est tourné vers Augustin :

« Çui-là, si t'as l'occasion, demande-lui d'te dire comment qu'c'était quand les Boches, les prisonniers, y travaillaient au Motty. Y te dira. Y s'en rappelle bien, mais faut dire qu'c'est pas si vieux. Ben tu vois, c'qu'y z'ont fait pour le chemin de fer de Gap ça a servi à rien ! Le pont, on sait presque plus où il est, avec tous les arbres qui ont poussé, sans compter les buissons, et le *tubaïre*[1], même sans les Boches, nous, on l'aura jamais ! »

Il s'est tu quelques secondes, son regard comme tourné vers l'intérieur, à la poursuite de quelque chose connu de lui seul. Quand il a paru reprendre pied dans la réalité il a tenté de conclure abruptement :

« Pour le reste, elles étaient à l'heure, comme prévu. »

Grand'Pa a levé les sourcils :

« Qui ça elles ? J'croyais qu'on attendait une institutrice...

– Ah oui ! C'est vrai ! T'as raison... on attendait une institutrice. Ben, elle est pas venue toute seule. »

L'œil de P'titPa s'était rallumé. Son coude a poussé gentiment Augustin :

« C'est dommage que tu vas plus à l'école hein, bien dommage ! »

Il s'est tu quelques instants pour mieux distiller son effet :

---

1. Tubaïre *: surnom qu'avaient donné les habitants du Champsaur au chemin de fer qu'ils n'ont jamais eu. De l'occitan* tuba *pour fumée.*

« Y a quelqu'un avec l'institutrice… une fille, dans les quinze, seize ans. Mais alors, une comme ça, t'en as jamais vu, ça non ! »

Augustin a baissé le nez vers son assiette sans répondre. P'titPa a poursuivi :

« Moi, c'que j'ai vu d'abord, c'est les cheveux. Et j'étais pas l'seul. À la gare, elle a fait son effet la Gaïa ! Ouais ! C'est comme ça qu'elle s'appelle. En tout cas, c'est comme ça que sa mère l'appelle : Gaïa ! J'me demande d'où elle a sorti un prénom pareil ! En plus qu'ça lui va bien et qu'elle a une figure que si tu grattais avec l'ongle elle risquerait de saigner ! Sûr qu'elle doit avoir la peau tendre ! »

Grand'Pa s'est impatienté en repoussant son assiette :

« T'as pas fait qu'à regarder cette gamine quand même ? L'institutrice, t'as eu le temps de la voir aussi, non ?

– L'institutrice ? Sûr que j'l'ai vue, et aussi que je lui ai parlé. Elle est pas fière. Mais, elle a l'air de savoir c'qu'elle veut ! Si les gamins de l'école y croient pouvoir commander pasque c'est qu'une femme, ben y s'trompent !

– Ah ben ! Heureusement ! Elle est quand même là pour ça non ? Pas vrai Augustin ? »

Le garçon n'a pas répondu. Maintenant qu'il n'allait plus à l'école, le remplacement de M. Lantrot ne le préoccupait guère. Pendant qu'il suivait les échanges entre les deux hommes, il tentait d'imaginer à quoi pouvait ressembler cette fille de quinze ou seize ans avec des cheveux qui attiraient tous les regards et une peau si tendre qu'on ne pouvait la toucher sans risquer de lui faire mal...

*
* *

« Alors Augustin, t'es dans la lune ? L'institutrice et cette Gaïa, tu vas les voir aussi ! Elles vont habiter à côté de chez toi. Surtout que j'leur ai dit qu'ta mère, Miette, elle est pas feignante pour le ménage et pis que, p't'être, elle pourrait leur vendre quelques œufs aussi. J'ai bien fait, non ? À Miette, ça lui fera toujours quéques sous de plus ! »

P'titPa a marqué une pause. Il a ajouté, un ton plus bas :

« Tu lui diras à Miette, ta mère, que j'ai parlé pour elle... Qu'elle sache quoi... qu'c'est moi qui... »

Il s'est tu, s'est raclé la gorge et Grand'Pa, son père, l'a tiré d'embarras :

« Sûr qu'y va lui dire, pas vrai Augustin ?

– Oui... oui... j'oublierai pas. »

P'titPa a paru soulagé. Son visage s'est détendu pour conclure :

« L'institutrice, elle a apporté un meuble, tout petit, avec une glace dessus, pour se regarder et se peigner ! »

Il a plaisanté :

« J'ai vu l'Émilie Couderc. Elle avait beau se cacher, j'l'ai quand même bien vue qui reluquait. Dans trois jours tout le monde saura que la nouvelle institutrice elle a apporté une “coiffeuse” ! Ouais, c’est comme ça qu’elle m’a dit qu’ça s’appelait ce p’tit meuble : une “coiffeuse” ! »

IV

Gaïa

OCTOBRE A COURU, PUIS NOVEMBRE. L'automne était très doux comme on en avait l'habitude ici. Au bord des chemins, les peupliers balançaient doucement leur palme jaunie bruissante, dressée bien droit vers un ciel que les nuages ne traversaient plus. La vie avait repris son cours ordinaire.

De l'institutrice, il n'y avait pas grand-chose à dire si ce n'était que P'titPa en avait bien jugé : Mme Duteil était sévère, très sévère même et, dans la classe, tout marchait à la baguette. Les gamins du hameau complotaient dans les coins, ainsi qu'ils l'avaient toujours fait, mais ils filaient doux quand apparaissait la silhouette reconnaissable entre toutes, toujours impeccablement tirée à quatre épingles. Émilie Couderc, sa fidèle commère Solange Rinçon, et toutes les autres, n'en sont pas revenues. Elles n'avaient rien perdu de leurs préventions contre cette institutrice qui venait de la ville, s'habillait comme on n'avait jamais vu et paraissait s'enfuir presque tous les jeudis et absolument tous les dimanches en prenant le train de Grenoble ou le car de Gap. Cette attitude ne manquait pas d'agacer et aussi d'intriguer. Mais on était obligé de reconnaître les mérites de l'institutrice : elle menait son affaire au moins aussi bien qu'un homme !

Quant à sa fille, cette Gaïa dont le prénom était à lui seul une invite aux digressions, on ne la voyait presque jamais. Tous se demandaient à quoi elle pouvait occuper ses journées pendant que sa mère était à faire la classe. On ne lui connaissait qu'une manie. En tout cas, c'est ainsi qu'on avait qualifié, de manière désobligeante, cette habitude qu'elle avait de sortir, chaque après-midi ou presque.

Elle marchait pendant une à deux heures, empruntant toujours le même itinéraire, le chemin montant qui, dès la sortie du hameau, côtoyait le torrent et s'enfonçait peu à peu dans la forêt en abandonnant les pentes pierreuses sur lesquelles s'accrochaient quelques pins sylvestres qui avaient résisté au vent et au gel et qui se partageaient cet espace aride avec des buissons d'épine-vinette dont les grappes de petits fruits oblongs achevaient de se dessécher. Plus haut, les épicéas étalaient de larges taches sombres égayées des quelques plages d'ocre et de rouille de fayards roussis par l'automne.

La jeune fille ne se séparait jamais d'une espèce de petite musette de cuir qui lui pendait sur la poitrine. Cette musette n'a pas peu contribué à épaissir l'aura de mystère entourant celle qui, déjà, portait un prénom si bizarre. Il arrivait qu'on la croisât. Elle ne fuyait pas mais on se rendait bien compte qu'elle ne recherchait pas les échanges. D'un air distant sans être condescendant, elle disait : « Bonjour ! » en fixant celui ou celle qu'elle rencontrait. Les hommes, même les plus hardis, reconnaissaient entre eux qu'ils ne pouvaient soutenir le regard de cette Gaïa quand ils la croisaient. Aucun ne savait expliquer ce qu'il ressentait alors, mais tous s'accordaient pour reconnaître qu'il n'entrait dans l'attitude de cette fille aucune provocation. Et, qui n'aurait donné cher pour savoir ce que recelait ce cahier qu'elle sortait de la musette et dans lequel on la voyait écrire quelques mots concernant sans doute une trouvaille qu'elle avait faite ou quelque chose qui avait dû provoquer son intérêt ?

Couderc l'avait rencontrée un jour qu'il venait de « faire du bois ». Il se vantait auprès de qui voulait l'entendre que rien ni personne, jamais, ne lui avait fait peur, et surtout pas les femmes qu'il entreprenait volontiers. Il avait vu la jeune fille arrivant d'un peu plus bas, et il s'était dissimulé sous les arbres pour l'observer plus à son aise. Gaïa progressait lentement sur le chemin pierreux, marquant des pauses fréquentes pour examiner, en se penchant, des

« choses » que lui ne pouvait voir et elle écrivait dans le mystérieux cahier.

Pendant qu'il se dissimulait, surveillant la jeune fille sans qu'elle s'en doutât, Couderc s'était senti mal à l'aise. Son désir de savoir l'avait disputé un moment à l'espèce de retenue qui le poussait à demeurer ignoré. Il n'arrivait pas à se cacher l'attirance trouble que lui inspirait cette Gaïa, et qui n'était même pas encore une femme. La curiosité l'avait finalement emporté. Il était sorti du couvert en affectant la démarche d'un qui aurait été fortement occupé à chercher des champignons.

Le découvrant soudain en face d'elle, la jeune fille n'avait marqué ni recul ni surprise. Elle avait dit : « Bonjour ! » ainsi qu'elle en avait l'habitude tandis que son regard croisait celui de Couderc. C'est lui qui avait baissé les yeux avant de bredouiller :

« Oh ! bonjour !... Bonjour mademoiselle... »

Cependant elle continuait sa marche comme s'il n'avait plus été là. Décontenancé, il avait hésité. Il ne voyait plus que son dos maintenant. Il avait forcé le ton de sa voix pour demander en la vouvoyant, attitude qu'il aurait jugée ridicule avec une fille du hameau même un peu plus âgée :

« S'cusez-moi... mais... j'peux savoir ? »

Elle s'était arrêtée, s'était retournée. La magie de sa chevelure ne jouait pas : la jeune fille avait enfoui ses boucles sous un bonnet de laine. Mais le petit air vif qui remontait le vallon avivait son teint, renforçant la carnation délicate du visage dont le regard pourtant démentait la fragilité. Gaïa fixait l'homme et attendait. Ce qu'elle lisait dans son regard le lui rendait antipathique mais elle n'avait pas peur. Il avait commenté bien plus que questionné :

« Voilà, j'me demandais ce que vous faisiez… J'vous ai vue écrire… Enfin, y m'a semblé… »

Elle avait souri, imperceptiblement, parce que la question démontrait un peu naïvement que la rencontre n'était pas fortuite. Elle avait dit :

« Oh ! je ne fais rien d'important. J'herborise. »

Elle était déjà repartie avant que Couderc, surpris, n'ait pu lui demander des explications. Dans son dos et sur ses jambes, elle avait senti son regard qui l'accompagnait. L'homme, troublé, restait planté au milieu du chemin. Il n'était même pas sûr d'avoir bien entendu la fin de la phrase et aurait été incapable de répéter ce mot bizarre qui a ensuite tourné dans sa tête jusque chez lui. Il n'a pu s'empêcher de raconter à Émilie, sa femme, la rencontre de l'après-midi. Elle l'a regardé d'un air inquisiteur avant de se gausser de lui :

« T'as mal entendu, voilà. D'abord, t'écoutes jamais rien ! Cette Gaïa, elle cause pas comme nous. Pimbêche et compagnie ! J'l'ai vu dès le premier jour ! »

Elle avait ajouté à l'adresse de son fils qui ne perdait pas une miette de ce que racontait son père :

« Juju ! J'espère que t'as compris ! À l'école, écoute ce que dit l'institutrice. Oublie pas que t'as le certificat à la fin de l'année et que tu nous feras pas la honte d'échouer comme l'année dernière ! »

Elle avait marqué un temps d'arrêt pour englober son mari surtout mais aussi son fils dans un même regard réprobateur :

« Et pis, pour la fille hein ? Ben, ça vaut pas la peine ! »

V

Le « jour du livre »

LA PREMIÈRE FOIS QU'AUGUSTIN a rencontré Gaïa, il n'en a pas été spécialement marqué. C'était un soir et il l'a à peine entrevue. Miette et lui, installés dans le cocon de la lecture, ont été surpris parce qu'on toquait à la porte alors que la nuit était là depuis longtemps. Miette, intriguée, a levé la tête. Elle a soufflé :

« Qui ça peut bien être ? »

On a entendu un nouveau grattement. Miette s'est levée et est allée ouvrir. Augustin est resté assis et, abandonnant sa lecture, a tourné la tête. Il a vaguement entrevu une silhouette féminine en face de sa mère. Les deux femmes ont échangé quelques mots que lui n'entendait qu'à peine. La voix qui répondait à sa mère était voilée, prenante, avec des sonorités presque masculines. La femme s'excusait, ne voulait pas déranger ; on avait besoin de Miette le lendemain, le matin si c'était possible. Miette, comme à l'habitude, a donné son accord. La voix a remercié et la femme est partie.

Miette a refermé la porte avant de revenir s'asseoir :

« C'est Gaïa. Sa mère l'a envoyée. Elles ont un peu de lessive à faire, demain matin. »

Le charme de la lecture était rompu. Miette et Augustin se sont mis à parler de l'institutrice, Mme Duteil, et de sa fille, cette Gaïa un peu mystérieuse :

« Sûr qu'elle est bien polie... p't'être un peu bizarre. On voit qu'elle a été bien élevée. Mais... elle est presque trop jolie. »

Miette a refermé son livre, sans omettre de marquer sa page. Elle a entamé un monologue entrecoupé de silences pendant lesquels elle paraissait vouloir se reprendre, comme surprise de cette audace qui la poussait à parler si longuement, elle plutôt réservée d'habitude.

Augustin qui, depuis quelque temps, passait le plus clair de ses journées chez Grand'Pa, a découvert que sa mère travaillait souvent pour Mme Duteil et que les deux femmes se parlaient un peu, échangeant quelques confidences. Miette paraissait aussi ravie que légèrement effrayée :

« Quand même, cette femme, si instruite, et qui me parle si gentiment. Des fois, ça me gêne presque. Et puis, tout ce travail qu'elle me donne.

– Ah ça ! C'est sûrement grâce à P'titPa ! »

La remarque avait échappé à Augustin et sa mère ne savait plus que dire. Son visage a marqué la surprise et l'interrogation. Augustin a bredouillé :

« Oui… C'est lui qui a parlé à l'institutrice… le premier jour où elles sont arrivées. Y m'avait demandé de te le dire… J'ai oublié… »

Miette, un peu troublée, a interrogé :

« P'titPa ? Qu'est-ce qu'il a pu lui dire à Mme Duteil ?

– Ben… Qu't'avais pas peur du travail et que tu pourrais lui vendre quelques œufs aussi, p't'être…

– Ah ! Alors c'est lui qui… et y voulait que tu me le dises… Pour les œufs, ma foi, les poules en ce moment elles sont pas trop vaillantes… Pour le reste, c'est vrai. Et elle me paye bien, Mme Duteil. »

Ils en sont restés là et on a rangé les livres.

*

* *

Quelque temps après, Gaïa est revenue et Miette l'a fait entrer. La jeune fille n'a fait aucune manière. Pendant que Miette cherchait dans le buffet, Gaïa s'est approchée de la table. Augustin s'est levé gauchement en bousculant sa chaise et Gaïa a dit :

« Bonsoir Augustin ! »

Elle savait son nom alors qu'il ne lui avait jamais parlé ! Le regard sur le sol, il a murmuré :

« Bonsoir mademoiselle !

– Je m'appelle Gaïa ! »

Augustin a enfin levé la tête pour la regarder. La lumière chiche de la lampe accrochait des reflets roux dans les cheveux qui encadraient le visage pâle, si pâle... Les yeux étaient enfoncés dans les orbites. Dans l'ombre des arcades on n'en pouvait voir la couleur. Ils fixaient Augustin, sans ciller. Gaïa souriait à peine, ses lèvres minces dessinant un trait horizontal qui s'arrêtait dans une amorce de fossette légèrement ombrée, de chaque côté de la bouche.

Quand elle s'est excusée, on sentait un regret sincère dans la voix qui n'était presque pas une voix de fille et qui, cependant, s'accordait si bien avec le visage :

« Je regrette d'avoir interrompu ta lecture. »

Elle s'est penchée sur le livre ouvert et les boucles, vivantes et souples, sont tombées sur ses joues. Elle a demandé :

« Je peux ? »

Sans attendre la réponse, elle a lu quelques lignes puis retourné le livre pour regarder la couverture. Elle a relevé la tête et son regard s'est posé sur Augustin :

« *Le Tour de France par deux enfants*... Je connais ce livre. Alors, tu aimes lire ? »

Augustin est resté interdit. Miette l'a heureusement tiré d'affaire :

« Oui ! Tous les deux on aime lire. Mais on a pas trop le temps ni les moyens… alors… on fait comme on peut… »

Elle a ajouté, comme confuse :

« On lit toujours dans les deux mêmes livres ! »

Gaïa a jeté un coup d'œil rapide sur l'autre livre et n'a pas fait de commentaires. Elle est partie peu après :

« Au revoir Miette et merci. Au revoir Augustin ! »

Il a senti sur son visage le même regard que tout à l'heure, attentif sans être insistant et qui l'a troublé parce que jamais encore on ne l'avait regardé comme cette Gaïa. Il a réussi à dire :

« Au revoir mademoiselle ! »

Quand ils se sont retrouvés seuls, Miette a commenté :

« T'as vu ? Elle est polie et pas fière ! »

Elle a eu un léger sourire et conclu en plaisantant : « La prochaine fois, tu pourras être un peu moins timide. Elle te mangera pas tu sais ? »

Augustin n'a pas répliqué. La salle lui a paru un peu plus vide tout à coup et ils n'ont pas repris la lecture.

*

* *

Une semaine plus tard, comme le garçon revenait de chez Grand'Pa, Miette a joué la mystérieuse. Elle avait dans l'œil un éclair malicieux :

« J'ai eu une visite aujourd'hui. Et... y a quelque chose pour toi ! Devine ! »

Augustin a joué le jeu :

« Ben, j'sais pas moi ! Une surprise ?... Ça se mange ?... C'est des souliers ?... Une casquette neuve ? »

À chaque proposition, Miette faisait non de la tête et souriait de plus belle puis, n'y tenant plus, elle a ouvert le tiroir du buffet et en a tiré un paquet soigneusement plié dans du papier :

« Tiens, c'est pour toi ! C'est de la part de Mlle Gaïa ! »

Il a pris le paquet et ses joues ont dû s'empourprer un peu parce qu'il a senti la chaleur jusque dans ses oreilles. Miette a expliqué :

« Elle a dit qu'elle espérait que ça te plairait ! »

Pendant que sa mère le couvait d'un œil brillant, Augustin a pris le paquet, l'a posé sur la table, et il le fixait sans pouvoir l'ouvrir. Enfin, il a déplié le papier et découvert ce qui se cachait là : c'était un livre, un beau livre comme il n'en avait jamais vu, avec une couverture d'un cuir un peu passé d'avoir connu de nombreuses mains. Augustin a lu le titre qui était incrusté en lettres dorées ternies par le temps :

« *L'Odyssée !* »

Il a passé le doigt sur la tranche, précautionneusement, et il ne se décidait pas à ouvrir le livre et à le feuilleter. Il a levé les yeux vers Miette qui le regardait, attentive, et il a articulé :

« Tu crois que je vais savoir lire ça ? »

Elle, n'a pas hésité :

« Bien sûr ! Si elle te l'a donné, c'est que tu peux ! C'est ce qu'elle m'a dit : "Des Merveilles, il n'y en a pas qu'en Dauphiné !" Elle voulait que je te le répète. Alors, y te plaît ? »

Il a posé la main à plat sur le livre et le contact un peu froid du cuir lui a provoqué une petite secousse :

« Bien sûr qu'y me plaît ! C'est bien le moins ! Et puis, toi aussi tu le liras. Si moi je peux, toi aussi !

– Bon, j'essaierai… mais… y faudra penser à la remercier hein ?

– Oui… Oui… »

Et il s'est demandé ce qu'il pourrait bien faire pour remercier Gaïa et, surtout, comment il allait le faire…

VI

La couleur du sang

GRAND'PA AVAIT DÉCIDÉ, il a bien fallu s'exécuter : « Un gars de quinze ans bientôt, costaud comme toi en plus, ça doit savoir saigner son cochon ! »

P'titPa avait appuyé :

« Sûr ! Y a des choses qu'un homme doit apprendre ! »

Augustin n'avait pas répliqué. Il était bien conscient qu'il existait un certain nombre de « choses » qu'un homme devait savoir, comme harnacher un mulet, soigner les brebis, faucher, ou planter les pommes de terre, sans compter un tas d'autres dont il faisait l'apprentissage avec conviction. Certaines par contre le rebutaient, dont le fameux « canon » qu'il fallait boire parce que « ça donne des forces » ! Heureusement, ni Grand'Pa ni son fils ne le poussaient à cette expérience dont quelques-uns étaient fiers de faire profiter leur progéniture. Mais saigner le cochon... Sa mère, à qui il en avait parlé, avait confirmé :

« Il a raison Grand'Pa, ton père aurait dit la même chose ! »

Miette ne lui parlait pas souvent de son père, et lorsqu'elle le faisait, c'était souvent pour répéter des phrases rituelles :

« Ton père aussi aurait fait ça... Ton père aussi aurait dit ça... »

Il n'y avait alors plus à discuter et Augustin se sentait investi de cette mission qui était d'agir comme l'aurait souhaité ce père dont il regardait souvent, sur le buffet, une photographie qui semblait ne rien perdre de ce qui se passait dans la pièce.

Augustin le poilu était debout. Le cliché avait dû être pris dans un magasin de photographe parce que le soldat, sanglé dans sa vareuse, les jambes serrées dans les bandes molletières au-dessus des grosses chaussures ferrées, s'appuyait de la main droite sur un élégant guéridon en faux Louis XV. Son képi trônait artistiquement près de sa main. Cette pose surprenante avait dû entraîner le sourire contraint qu'on devinait sur le visage du photographié ; Augustin père, plutôt grand et solide, ressemblait trait pour trait au garçon qui le regardait et quêtait son approbation muette quand arrivait la recommandation immuable :

« ... ton père aurait dit (ou fait) la même chose ! »

Augustin avait fini par accepter de ressembler, physiquement déjà, à ce père qu'il n'avait jamais connu.

Il ne lui restait plus qu'à agir et savoir faire les mêmes choses que lui.

*
* *

Voilà pourquoi, sous la férule bienveillante de Grand'Pa, Augustin avait activement participé à l'aiguisage des couteaux. L'opération s'était déroulée dans la cour. On était à quelques jours de Noël, il faisait un froid glacial sous la bise qui, après s'être engouffrée dans la gorge du Drac où se construisait le barrage entre Corps et Ambel, se sentait enfin libre de balayer la plaine ouverte du Champsaur, à travers laquelle ses rafales se ruaient en tordant les panaches de fumée qui sortaient des cheminées. Avec ce temps, on était assuré que la viande ne se gâterait pas.

C'est le garçon qui, d'abord, avait tourné la manivelle de la petite meule ronde pendant que Grand'Pa expliquait et montrait à la fois. Augustin était ensuite passé à l'aiguisage cependant que Grand'Pa critiquait, commentait puis, pour finir, passait son pouce sur la lame avec un plissement du front. Il avait eu une grimace d'approbation et tendu le couteau à Augustin :

« Tu vois, c'est pas si difficile. Tiens, tâte-moi ça ! »

Avec son pouce, le garçon avait imité Grand'Pa. C'était très dur, effilé, ça grattait un peu et, pour tout dire, l'impression avait été plutôt glaçante. Augustin avait senti une appréhension monter et lui crisper le ventre.

Le lendemain matin, il s'est levé à contrecœur. Il avait mal dormi. Un peu plus tard, avec Grand'Pa et son fils, ils ont eu tôt fait d'immobiliser le cochon. Miette est venue, portant un seau au fond duquel un peu d'eau chaude laissait échapper de petites volutes de buée qui se dissolvaient dans l'air glacé de la cour.

Grand'Pa a tendu le couteau à Augustin :

« Allez mon gars, c'est à toi. Voilà, rase un peu, là... »

Il montrait un point sur le large cou bien gras. Le cochon, qui avait poussé des cris perçants presque ininterrompus pendant qu'on l'attachait, s'était tu. Il grognait et respirait à petits coups oppressés. Augustin n'osait pas regarder son œil qui semblait suivre les préparatifs ni la corde passée autour du groin pour le maintenir immobile et qui s'était ensanglantée sous les efforts de la bête pour se dégager.

« Tu piques et tu pousses fort, tout droit, sans à-coups, comme je t'ai expliqué. D'accord ?

– Oui Grand'Pa !

– À la bonne heure ! »

Augustin a senti le regard de sa mère sur sa nuque et il a pensé à son père. Il a fait comme avait dit Grand'Pa. Le couteau est entré et le garçon a senti la lame qui pénétrait et tranchait. C'était une espèce de grésillement qu'on n'entendait pas ; on le percevait à travers le manche ; il irradiait dans la main qui serrait le couteau et passait dans le bras jusqu'à l'épaule. Quand Augustin a retiré la lame, un flot de sang a jailli, épais, rouge, chaud, qui a éclaté sur sa main en fleur vénéneuse. Le cochon s'est remis à crier, interminablement, une plainte aiguë qui vrillait les oreilles.

Miette était à côté d'Augustin. Elle s'était baissée et tournait le sang avec une cuillère en bois. Sa main à elle aussi s'est ornée de fleurs rouges un peu monstrueuses. Fasciné, Augustin regardait fuir par saccades le sang qui se gonflait de grosses bulles. Il n'entendait même plus les cris de la bête qui commençaient à faiblir et à s'espacer. Le garçon a senti, à côté de lui, une présence insolite. Il a tourné la tête et son regard a rencontré deux bottines blanches sur lesquelles naissaient de minuscules étoiles écarlates... Il a levé la tête.

Gaïa était là. Son visage, que barrait la bouche serrée, bleuie par le froid, était pâle, plus encore que d'habitude. Dans ses yeux, qui fixaient la plaie aux lèvres entr'ouvertes, se lisait un mélange de stupeur et de frayeur contenue. Ses deux mains se pétrissaient sur son ventre mais elle ne fuyait pas.

Elle est restée là, fragile et crâne, jusqu'à ce que Grand'Pa s'approche et lui dise pour la consoler :

« Bon, le pôvre hein ? Mais fallait bien... Pas vrai ? »

Gaïa s'est tournée vers lui ; ses yeux ont semblé revenir d'un long voyage et ont marqué la surprise en redécouvrant soudain ceux qui l'entouraient. Elle a murmuré :

« Oui... bien sûr... mais, je ne croyais pas que ça allait si vite... »

On n'a pas su si elle parlait du sang qui coulait ou de la vie qui s'enfuyait. Son regard a accroché celui d'Augustin qui se relevait, est descendu jusqu'à la main qui tenait encore le couteau et que le sang marbrait de coulures brunes. Instinctivement, le garçon a caché cette main derrière son dos. Gaïa a murmuré, et sa voix était grave, plus encore que d'habitude :

« Oh ! Ça n'est pas la peine. Grand'Pa a raison. Il le fallait et c'est toi qui l'as fait. »

Elle s'est éloignée de quelques pas et a assisté à toutes les opérations malgré le froid qui la faisait danser d'un pied sur l'autre. Augustin la surveillait discrètement et ne pouvait que deviner son visage devant lequel elle portait ses mains quelquefois.

Grand'Pa a ouvert en deux le cochon qu'on avait mis sur le dos et dont les énormes pattes raidies et écartées semblaient implorer. Le couteau tranchait et la peau épaisse du ventre s'écartait en lèvres de lard blanchâtre entre lesquelles sont apparues les tripes fumantes, toutes ballonnées et grisâtres. Une odeur forte a envahi l'air immobile et glacé avec la buée chaude qui montait au-dessus de l'animal éventré.

Tous, dans la cour, avaient presque oublié la présence de Gaïa. Ils travaillaient posément, le spectacle ne les étonnant plus, habitués qu'ils étaient de le voir chaque année à la même époque. P'titPa a extrait les poumons de la bête hors de la prison rose de la cage thoracique. Il s'est relevé tenant à bout de bras la trachée contre laquelle ballottaient deux lobes rosâtres. Il a tendu le tout à Augustin :

« Tiens garçon ! Montre qu't'as du souffle ! »

Augustin a pensé à son père qui avait dû faire ça lui aussi. Avec un peu de recul, il a appuyé ses lèvres contre l'ouverture de la trachée ; il a soufflé et a senti les poumons se gonfler de sa respiration à lui. C'était une sensation étrange et mystérieuse comme si le souffle de sa vie passait dans ces chairs mortes. P'titPa a enroulé rapidement une ficelle autour de la trachée avant de serrer et d'attacher solidement. Miette, qui suivait les opérations, a commandé :

« Donne ! J'vais les suspendre au frais pour pas qu'y s'abîment ! »

Elle a emporté ce qui ressemblait maintenant à un monstrueux papillon rose, d'où gouttaient quelques perles rouges, et a disparu dans la maison.

Gaïa s'était approchée. Ses yeux sombres fixaient les lèvres d'Augustin. De sa voix grave elle a intimé :

« Essuie-toi la bouche ! Il y a du sang ! »

Elle a tourné les talons et s'en est allée. Ils l'ont regardé partir. P'titPa a commenté comme en s'excusant :

« J'voulais pas qu'elle reste là. Mais y a rien eu à faire. J'crois qu'elle avait peur mais elle a pas lâché. Pour une fille de la ville... ben... »

Et son silence marquait une admiration étonnée que semblaient partager tous les autres, sauf Augustin qu'un vague sentiment de honte tourmentait ; il s'est demandé si quelque chose ne s'était pas brisé entre Gaïa et lui, quelque chose qu'il ne savait pas définir.

VII

Les yeux pers

DEPUIS QU'ELLE AVAIT DONNÉ LE LIVRE, Gaïa et Augustin s'étaient revus deux ou trois fois. D'abord, elle était revenue à la maison pour demander à Miette quelque chose que celle-ci devrait faire. Augustin était là ; il faisait grand jour. Pour la première fois il avait vraiment croisé le regard de la jeune fille, regard qui l'avait ensuite accompagné toute la journée.

Les yeux devaient être foncés, en tout cas le tour de l'iris, bleu, ou noir, soulignant le vert qui cernait la pupille. Augustin avait cherché où il avait déjà vu quelque chose qui lui rappelait la couleur de ces yeux-là. Il avait fini par trouver : c'était dans les gorges du Loup, là où le *Drac*[1] avait forcé son chemin entre deux

1. Drac *: torrent alpin dont le nom signifie « dragon ». Il existe en Espagne une grotte appelée grotte du Drach.*

murailles de roches basaltiques. L'eau y était changeante, tantôt d'un bleu d'acier, tantôt d'un vert glauque recelant des mystères qui allaient s'épaississant à l'approche des falaises au pied desquelles le courant fouillait des *oulles*[1] d'où il remontait en remous sombres. Malgré l'appréhension que lui procurait le spectacle de ces gorges, Augustin avait toujours ressenti la même fascination face aux secrets qu'elles devaient dissimuler.

*

* *

C'était quelques jours après qu'il eût commencé à lire dans le livre que Gaïa était venue. Au grand soulagement d'Augustin, elle ne lui en avait pas parlé. Sans pourtant ménager sa peine, il n'arrivait pas à entrer dans cette histoire qui se passait on ne savait où et dans un temps où on n'aurait même pas imaginé qu'il pût y avoir des gens parlant de façon si compliquée. De plus, les personnages étaient bien trop nombreux et affublés de noms inconnus, si difficiles à prononcer, qu'Augustin avait envisagé de laisser là cette histoire incompréhensible et de retourner à ses *Contes et Merveilles du Dauphiné*.

---

1. Oulle : *« marmite », trou dans la rive du torrent.* Cf. *« Les Oulles du Diable » à Navette dans les Hautes Alpes.*

Miette ne faisait aucun commentaire. Elle le surveillait du coin de l'œil, paraissant accompagner les efforts qu'elle lui voyait déployer et se réjouissant en silence quand il arrivait au bas d'une page et la tournait pour s'attaquer à la suivante.

Augustin s'était accroché, d'abord parce que c'était dans sa nature. Et surtout, il y avait les yeux de Gaïa qui le regardaient, verts et sombres, cachés dans les pages. Que répondrait-il quand elle l'interrogerait ? Parce qu'elle allait le faire, il en était persuadé ; elle voudrait savoir ce qu'il pensait du livre qu'elle lui avait donné.

*

* *

Bientôt, il avait constaté que le plaisir naissait de découvrir cette histoire étonnante. Retrouvant peu à peu la même satisfaction qu'il ressentait à maîtriser quelque chose de nouveau dans ce qu'il apprenait de Grand'Pa ou de son fils, il s'était mis à arracher, bribe par bribe, de petits plaisirs qui lui venaient au fil des pages tandis qu'il s'acharnait sur leur lecture.

Sans vraiment s'en rendre compte, il avait approché ce monde inconnu dans lequel se démenaient des forces ou des êtres, on ne savait trop, qui ressemblaient aux hommes, souvent se comportaient comme les hommes, mais dont on devinait bien qu'ils n'en étaient pas et cependant influaient sur le cours de la vie. C'était un peu semblable à ce qui transparaissait dans les contes et légendes de son livre à lui : ces phénomènes inexplicables, ces montagnes dotées de capacités bizarres, ou ces vallons qui dissimulaient des histoires inavouables et ces glaciers encore, qu'on voyait briller là-haut et dont les crevasses et les rimayes enfouissaient, dans un froid éternel, les corps des mécréants qu'elles avaient avalés, ou des amoureux qui avaient perdu leur chemin.

Parmi ces personnages, il en était un qu'Augustin avait adopté presque immédiatement ; c'était ce Télémaque, le héros des premiers chapitres, dont le nom l'avait d'abord fait sourire ; il devait avoir son âge à lui, Augustin, ou à peu près et, comme lui, il s'inquiétait ou s'interrogeait sur un père qu'il n'avait pas connu et qu'on lui citait en exemple. Et ces gens dont il était question, dont la façon de s'exprimer était si bizarre, sans parler de leur façon de vivre, ces gens devaient malgré tout ressembler peu ou prou aux gens d'ici, s'inquiétant de leurs bœufs ou de leurs moutons pendant que leurs femmes tissaient et surveillaient la maisonnée. Et, stoïques dans la douleur, elles attendaient le retour des hommes qui étaient à la guerre.

Parce que, dans cette histoire, il était question de guerre aussi, Augustin l'avait tout de suite remarqué, et dont beaucoup n'étaient pas revenus. Sur ce plan-là encore, il retrouvait des similitudes. Ce qu'il n'avait pas réussi à élucider était la raison qui avait poussé les gens du livre à faire la guerre. Mais après tout, avait-il jamais compris pourquoi son Augustin de père, et d'autres, s'étaient battus et en étaient morts ? Les leçons d'histoire de l'école qui lui avaient parlé de patriotisme avaient été quelque peu battues en brèche par les réflexions amères de Miette sa mère, et que venaient parfois conforter certaines interventions sarcastiques de P'titPa, même si elles s'interrompaient très vite par un :

« Tiens ! J'aime mieux pas en parler ! Pour c'que ça a servi ! »

Enfin, au point où il en était de sa lecture, il ne savait encore que penser de ces êtres omniprésents, mi-dieux mi-hommes, qui dictaient leur loi souvent incompréhensible, apparaissaient, disparaissaient, au gré de leurs caprices semblait-il, et contre lesquels on ne pouvait pas grand-chose, voire rien. L'un d'entre eux, qui devait être une femme, l'intriguait plus que les autres : cette Athéna, cette « déesse aux yeux pers ». Il avait vainement tenté d'imaginer ce que pouvaient être des yeux pers, une couleur probablement, dont personne jamais ici n'avait entendu parler...

*

* *

Gaïa lui avait donné ce livre. Mais, au juste, que pouvait-elle savoir de lui ? Il n'osait pas interroger Miette sur ce qu'elle avait pu dévoiler de leur vie à tous deux dans les confidences faites à l'institutrice qu'il apercevait de temps à autre et qu'il craignait un peu. Ce que Mme Duteil avait appris, elle avait pu le redire à sa fille qui maintenant devait savoir des choses sur lui... peut-être... Ah ! oui ! Gaïa avait dit aussi :

« Des merveilles, il n'y en a pas qu'en Dauphiné ! »

D'où aurait-elle pu tirer cette réflexion si elle n'avait pas eu vent de l'importance que lui attachait à ce qu'il lisait auparavant et dont il aurait pu réciter par cœur des pages entières ?

Il était presque sûr que, tout comme lui, sa mère n'était pas loin de prendre pour vraisemblables ces histoires qui peuplaient de merveilleux leurs soirées depuis des années. Ils en avaient discuté un soir à propos des croisades qui avaient été le thème de la leçon du jour, à l'école, quand il y allait encore.

C'était à propos des ruines de cette tour qui domine Grenoble depuis les pentes du Vercors tout proche. Ils étaient convenus qu'un chevalier avait très bien pu revenir de Terre sainte et s'installer là. Ce seigneur avait dû ramener de Jérusalem une magie ou un pouvoir qui lui avait permis de se débarrasser de toutes ses vipères, pourtant nombreuses, cet endroit qui, depuis, s'appelait la Tour sans Venin. Et dans la montagne, bien au-dessus de la fameuse tour, qui ne connaissait les rochers effilés qui portaient un si curieux nom : les Trois Pucelles. Augustin les avait admirées lors d'une des rares visites qui l'avait conduit à Grenoble. C'était, autrefois, trois jeunes filles sages poursuivies par on ne savait qui, le diable probablement... Le chevalier de la Tour sans Venin, ou quelqu'un d'autre, les avait sauvées en les transformant en statues de pierre.

Les lieux existaient, portant des noms qui expliquaient pour ceux qui voulaient bien écouter ; on y pouvait toucher des murailles ou des rochers qui ne parlent pas et donc ne savent pas mentir.

Miette avait-elle laissé percer un de ces secrets qu'Augustin ne confiait jamais à personne, pas même à Grand'Pa. Il s'était souvent demandé si celui-ci aurait compris et accepté, comme lui, Augustin, que des faits inexplicables pussent se produire dans la nature et surtout dans la solitude des montagnes au milieu desquelles ils vivaient toute l'année. La chose ne paraissait pas impossible quand on connaissait Grand'Pa. Celui-ci avait, lui aussi, ses propres croyances dont il consentait, pour certaines, à faire profiter Augustin, sur les étoiles par exemple dont il connaissait les noms de quelques-unes. Ce qui avait troublé Augustin était que les noms des étoiles semblaient avoir une parenté lointaine avec les noms des personnages qui s'agitaient dans le livre de Gaïa. Et il y avait le « pertuis »... qu'avec des mines de conspirateur Grand'Pa lui avait fait découvrir.

Il fallait voir... Dans quelque temps peut-être, quand il aurait osé demander à Grand'Pa ce que lui pensait de l'histoire de Télémaque, il pourrait alors tenter d'obtenir de Gaïa des explications qui faciliteraient sa lecture.

*
*   *

Peu avant le « jour du cochon », Gaïa et Augustin s'étaient rencontrés. Un matin, il a passé la porte pour sortir ; il allait chez Grand'Pa. Sitôt dehors, le froid l'a saisi. Dans la nuit la température avait chuté ; l'air transparent et immobile, que le soleil n'avait pas encore envahi, entrait dans la poitrine qu'il paraissait transpercer de milliers de minuscules pointes acérées.

Sitôt dehors, comme chaque jour, Augustin a levé les yeux vers la barrière des falaises du Dévoluy qui dominent le hameau. Il sacrifiait ainsi à ce qui était devenu pour lui un véritable rituel. S'il devait un jour s'en aller, il voulait être assuré de retrouver dans sa tête l'image de ce que Miette et lui avaient toujours appelé le « château fort », avec ses tours, ses mâchicoulis et ses échauguettes.

C'était aussi beau et étonnant que les ruines du château de Lesdiguières qui gisaient aux pieds de la montagne, mais en mille fois plus grand. Aujourd'hui, une barre rose rayait les roches, tout en haut, découpant crûment les crénelures du sommet sur le bleu du ciel. Les parois de calcaire étaient saupoudrées de blanc et à leurs pieds, la neige avait fait disparaître les éboulis sous un tapis immaculé qui dévalait les pentes très raides jusqu'à la forêt dont on distinguait les silhouettes des arbres figées dans leur carapace de givre.

Augustin a tenté de retrouver le « pertuis », son pertuis, ouvert quelque part dans le rocher, sous la crête. Tout de suite, ses yeux se sont embués sous l'effet du froid. Sans s'attarder trop, il a enfoncé sa casquette sur ses oreilles et s'est mis en route. Ses galoches sonnaient sur le sol durci et le choc de chaque pas remontait le long de ses jambes. Il a pensé :

« J'me demande ce qu'on va bien pouvoir faire avec ce froid... »

Il s'est presque heurté à quelqu'un qui arrivait en face de lui et marchait vite. Une voix reconnaissable entre mille est sortie de sous le cache-nez orange qui, avec un bonnet de même couleur, « enturbannait » la tête :

« Bonjour Augustin ! »

Il a été si surpris qu'il n'a d'abord su que répondre. Gaïa était méconnaissable dans des vêtements inhabituels : elle portait un pantalon d'homme. Elle a questionné et sa voix grave marquait une vraie curiosité :

« Je t'ai vu regarder la montagne, là en dessus. Tu avais l'air bien attentif... »

La réflexion a provoqué un petit choc dans la poitrine du garçon : ainsi, elle l'avait observé... Il est resté devant elle, silencieux pendant quelques secondes. Allait-il lui dire ? Il a bredouillé :

« Bonjour mademoiselle... »

Gaïa a émis un petit rire de gorge et l'a plaisanté : « Je m'appelle Gaïa ! Tu te rappelles ?

– Oui... oui... bien sûr, Gaïa, mais... avec vous j'ose pas...

– Allons donc ! Et puis, on se tutoie n'est-ce pas ? »

Augustin a baissé la tête :

« Gaïa, oui, je pourrais, mais... vous tutoyer, non, j'y arriverai pas ! »

À nouveau elle a eu ce petit rire de gorge avant d'enchaîner :

« À la longue ça viendra ! Alors, qu'est-ce que tu regardais là-haut ?

– Oh ! rien d'important...

– Si si. J'ai bien vu ! Comme si tu cherchais quelque chose. »

Elle le fixait, et ses yeux qui quémandaient une réponse ont eu raison de la résolution du garçon :

« Boh ! vous allez vous moquer... C'est quelque chose que je connais. Y a que moi qui le vois... Ah ! et pis Grand'Pa aussi... Vous le connaissez Grand'Pa ? C'est lui qui me l'a montré... Y a longtemps. Enfin, lui, il le voit presque plus maintenant, à cause de ses yeux. Je vous l'ai dit, ça vaut guère la peine d'en parler... »

Gaïa a tourné et levé la tête vers la falaise ; la barre rose était toujours là, tout en haut, bien qu'un peu plus claire maintenant. Gaïa a murmuré :

« "Aurore aux doigts de rose !" »

Augustin s'est surpris à renchérir :

« C'est vrai c'que vous dites, c'est comme dans le livre ! Faudra que j'en parle à Grand'Pa ! »

Gaïa l'a regardé, énigmatique :

« Eh bien !... Mais, Grand'Pa, qu'est-ce qu'il t'a montré de si intéressant ?

– Oh ! c'est un pertuis qui est là-haut. On peut voir le ciel à travers. Et pis... »

Augustin a hésité. Il a baissé la tête :

« Vous me croirez pas... J'en parle jamais. Grand'Pa a dit que c'était qu'à nous. Les autres, ça les ferait rire... Le Julien de l'Émilie surtout... Y comprennent rien !

– Moi, je peux comprendre, mais... si c'est un secret... tu fais comme tu veux. »

Le ton était conciliant cependant que les yeux, démentant les paroles, incitaient à la confidence. Augustin s'est rapproché :

« J'vous le dis mais faudra pas répéter !

– Je promets ! »

Augustin a baissé la voix :

« Voilà ! Ce pertuis, là-haut, on voit le ciel à travers. C'est comme un œil ! Et, au printemps et à l'automne, pendant deux ou trois jours, il laisse passer le soleil qui est de l'autre côté de la montagne ! Oh ! ça dure pas longtemps, c'est vers le soir. Et pour le soleil, c'est pas d'ici qu'on le voit. Y a qu'un endroit, sur un tertre, au milieu du bois, par là derrière. Faut y être le bon jour, au bon moment ! Grand'Pa dit que si on est là et qu'on voit même qu'un rayon, ben, on peut pas mourir dans l'année ! »

Augustin s'était tu, embarrassé de sa confidence et surveillant sur le visage de Gaïa l'effet de ses paroles. Il craignait qu'elle ne rie ou ne hausse les épaules. Mais elle, attentive, observait à nouveau la falaise. La voix tendue, elle a demandé :

« C'est où ? Tu veux bien me dire où se trouve ce pertuis ?

– Faudra attendre... Dans quelques semaines p't'être, vers la fin mars. Grand'Pa dit que c'est quand le jour et la nuit font leur partage. Moi, j'sais pas mais lui y sait. Faudra voir... »

Il avait répondu très vite, semblant s'en vouloir tout à coup d'avoir cédé. Il a essayé de rompre :

« Bon ! Faut que j'y aille ! Grand'Pa m'attend ! »

Gaïa a posé une main sur son bras. La voix grave, qui remuait quelque chose d'indéfini dans la poitrine du garçon, a prié :

« S'il te plaît ? Quand tu iras, tu me le diras ? Pour le jour et la nuit, je t'expliquerai... »

Les yeux sombres le fixaient. Il a cédé :

« Bon... je tâcherai mais... rappelez-vous ! Vous avez promis ! À personne ! Vous le direz à personne !

– Bien entendu ! Ce sera notre secret, et à Grand'Pa aussi ! »

L'eau verte et bleue, dans les yeux, recelait un peu moins de mystères. Augustin a confessé :

« Oui... à Grand'Pa aussi. J'sais pas trop si y sera content... Allez ! Au revoir Gaïa ! »

Il s'est presque enfui avec, dans la tête, le remords qui le disputait à une bizarre sensation de joie d'avoir quelque chose en commun avec Gaïa, une réponse faite à ce cadeau qui venait d'elle, ce livre dont ils n'avaient encore pas dit un mot.

VIII

Les vacances de Noël

UN AN AUPARAVANT, quand il allait encore à l'école, Augustin avait vu, comme tous ses camarades du village, arriver les vacances de Noël avec une joie exubérante. Les journées alors étaient bien trop courtes, qu'on passait dehors malgré le froid. Tous sortaient, de sous la poussière des hangars, des luges de bois dont la plupart avaient été fabriquées de bric et de broc par les pères qui, ensuite, houspillaient leur progéniture parce que « ... y a mieux à faire qu'à perdre son temps à monter et descendre dans un pré, sans compter les culottes qu'tu vas déchirer et qu'ta mère s'ra pas contente et qu'elle aura raison !... »

Cette année, il avait pris conscience d'une espèce de changement d'état personnel qui lui interdisait ces jeux puérils. Il n'avait d'ailleurs pas le cœur d'aller avec les autres qu'il entendait rire et crier au-dessus du village dans ce « pré Pansu » qui méritait bien son nom. C'était en tout cas ce que prétendait Couderc, son propriétaire, qui se vantait que le foin qu'il y fauchait était le plus dru et le meilleur du Valgaudemar.

Quelques jours avant les vacances, Julien Couderc s'était ouvertement moqué d'Augustin qui les avait croisés, lui et sa bande, alors qu'ils traversaient le village. À l'invite d'une voix anonyme :

« Ben alors Augustin, tu viens pas ? »

Julien avait répliqué avec hargne :

« Non ! y vient pas ! Y se croit grand ! Pas vrai Augustin ? »

Celui-ci n'avait pas répondu. Il s'était contenté de hausser les épaules. Julien, vexé, et dont les autres surveillaient les réactions, avait renchéri :

« C'est que, maintenant, y cause avec la pimbêche... Pas vrai ? Y peut pas dire le contraire ! Tous, on l'a vu ! »

Augustin avait dû blêmir, avant de tourner le dos. Julien avait lancé :

« Qu'est-ce qu'y croit ? Celle-là, ce s'ra jamais sa payse ! »

Les ricanements de complaisance avaient déclenché une brusque bouffée de colère chez Augustin qui avait fait demi-tour et avait commencé de marcher sur Julien. Celui-ci s'était enfui suivi de sa petite bande ricanante.

Depuis, Augustin évitait de se retrouver sur le passage des gamins. La peur n'entrait en aucune façon dans son comportement ; seules les paroles blessantes du fils Couderc lui restaient, creusant de petites blessures semblables à ces minuscules cailloux dans une chaussure et qui n'interdisent pas la marche mais la rendent de plus en plus malaisée.

C'était pour Gaïa d'abord qu'il était en peine, songeant avec appréhension qu'elle aurait pu entendre ce que les autres avaient dit. C'était bête et injuste. « Payse ! » Ce mot surtout le laissait mal à l'aise. Lui aussi, pourtant, l'avait utilisé en riant avec les gamins du village. Et même, il y avait deux ans, il avait eu une « payse », comme Julien ou d'autres. La sienne se prénommait Simone ; c'était la sœur de Paul Rinçon. Quand ils se vantaient entre eux d'exploits extraordinaires, les gamins se gargarisaient de soi-disant initiatives qu'ils avaient prises avec les filles. Augustin avait embrassé Simone sur la joue, une fois. Elle s'était rebiffée et l'avait menacé :

« Non mais… t'es rien culotté ! Si tu recommences, je le dirai ! »

Elle n'avait pas précisé à qui et Augustin n'avait pas recommencé.

Après l'algarade avec Julien, cet épisode était remonté à la surface et Augustin n'avait pas su en rire. Il en était même un peu honteux parce que, pour Gaïa, c'était autre chose. Payse ! Le mot correspondait si peu à ce qu'il ressentait. Heureusement, elle n'avait pas dû entendre et cette certitude consolait Augustin de son absence.

*
* *

Gaïa et sa mère étaient parties dès le début des vacances. Mme Duteil avait dit qu'elles descendaient à Grenoble. Elle avait averti Miette un peu avant leur départ. À Augustin, qui ne perdait pas un mot de la conversation et se sentait tout triste, elle avait demandé :

« Tu crois que P'titPa pourrait nous emmener jusqu'à la gare ?

C'est Miette qui avait répondu très vite :

– Ma foi ! J'suis sûre qu'y pourra ! En ce moment, avec ce froid et la neige d'y a deux ou trois jours, on peut pas faire grand-chose ! »

En silence, Augustin s'était étonné de cette réflexion qui donnait à penser que sa mère paraissait savoir ce que pouvait ou ne pouvait pas P'titPa. Il était parti chercher la réponse et... Miette ne s'était pas trompée : P'titPa pouvait ! Il avait dit, dans un sourire plus large encore qu'à l'habitude :

« Tu parles qu'elle a raison ta mère ! J'pensais bien qu'on me demanderait ! »

Et, comme Augustin se dandinait d'un pied sur l'autre avec un air tout désorienté, il avait plaisanté :

« Allez va ! Mme Duteil, elle reviendra ! Et pis… Gaïa surtout ! Pas vrai Pa ? »

Grand'Pa venait d'entrer, amenant avec lui un courant d'air glacé. Il avait couvé Augustin d'un regard de grand-père :

« Fous-lui la paix à ce gamin ! Y sait rien de ces choses encore et y a rien qui presse ! »

P'titPa avait baissé le nez avec un air contrit :

« Oh moi ! C'que j'en dis… »

Il avait pris Augustin par les épaules pour l'entraîner dehors :

« Allez ! T'es pas fâché hein ? Moi… j'voulais que rire ! Va vite dire à Miette qu'c'est d'accord ! »

Augustin était rentré avec un peu de chaleur dans le cœur que lui procurait cet appui qu'il avait senti, chez Grand'Pa surtout. Un étonnement s'y mêlait : P'titPa avait donné son accord à Miette et pas à Mme Duteil.

*

* *

À la nuit, ils avaient lu, un peu ; Miette, maintenant, pouvait tout à loisir choisir l'un ou l'autre des vieux livres. Il arrivait même qu'elle passe de l'un à l'autre dans la même soirée pendant qu'Augustin plongeait dans son *Odyssée* si profondément qu'il ne voyait jamais les regards que, de temps à autre, Miette lui jetait par-dessus les pages. Il y aurait lu de la fierté, du contentement, et une touche d'anxiété aussi.

Ce soir-là, après quelques pages, Miette avait rompu le pacte tacite qui les liait depuis longtemps. Elle avait posé son livre ouvert sur la table, avait toussé discrètement et, pour finir, désespérant de voir Augustin lever les yeux, avait dit d'un ton qui se voulait convaincu :

« Ces vacances, finalement, pour moi aussi ce sera bien... »

Augustin avait levé la tête. Tout étonné, il avait eu du mal à reprendre pied dans la réalité de la petite pièce au centre de laquelle sa mère et lui, quelques instants auparavant, étaient si absorbés qu'ils n'entendaient qu'à peine les éclatements secs du bois des bûches qui se consumaient dans le poêle.

« Elle l'a dit Mme Duteil, qu'ça me reposera du travail qu'elle me donne. »

Miette avait laissé s'écouler quelques secondes de répit avant de questionner doucement :

« Et pis toi, qu'est-ce t'en penses ?

– Moi ?... moi ?... Mais, de quoi ?

– Ben, des vacances. Après tout, tu y as droit un peu aussi non ? »

Augustin avait soufflé. Il était trop surpris pour répondre. Miette attendait patiemment. Elle avait refermé son livre, lentement, oubliant d'y mettre le marque-page qui restait, incongru, tout jauni sous la lampe. Presque négligemment elle avait suggéré :

« Sûrement j'vais voir les autres garçons... Comme tous les ans, y vont aller faire de la luge... »

Elle avait marqué un temps d'arrêt avant de s'enquérir doucement :

« Toi... t'auras pas envie ?

– Nnnnon...

– Ah ! p't'être qu'elle est cassée ta luge ? T'as qu'à dire... à P'titPa. Lui, y saura t'la réparer...

– Non... non... J'ai pas envie, c'est tout...

– Ma foi... »

Augustin avait deviné, chez sa mère, l'hésitation inquiète qu'elle avait l'habitude de cacher derrière ces deux mots :

« J'sais pas... P't'être que je suis trop grand...

– Trop grand ? T'as jamais qu'tes quatorze ans. Enfin... bientôt quinze, d'accord. Mais, tu peux encore faire de la luge non ? Tiens, regarde Julien Cou...

– Ah non ! Pas Julien ! »

La réplique avait jailli. Miette s'était tue, interloquée. Elle avait fait mine de rouvrir son livre puis l'avait refermé, et dont elle regardait la couverture sans la voir :

« Qu'est-ce qu'y a ? Vous vous êtes disputés ?

– Bof !

– Y t'a dit quéque chose ? Tu les connais les Couderc... Faut pas faire attention...

– Ah ben oui, pas faire attention. Il est comme sa mère, Julien !

– Mais enfin, qu'est-ce qu'y t'a dit ? C'est pas si grave quand même ? »

Augustin regardait sa mère dont le visage marquait le désarroi et dont les mains caressaient machinalement *Le Tour de France par deux enfants* sur la table. D'un ton trop détaché, il avait essayé de donner le change :

« Oh ! à moi, y peut dire hein ? Ça me fait rien !

– Ah ! bon ! Mais, pourquoi qu't'es en colère alors ? »

Augustin ne répondait pas ; sa bouche tremblait un peu et Miette regardait ce garçon en face d'elle. Il était grand et fort déjà. Il ressemblait à son père mais… non… ça n'était pas un homme encore :

« Allez, tu peux me dire hein ? Ce Julien, quand même, il est pas si terrible ?

– Julien… Julien… De moi, y peut dire c'qui veut ! Mais de Gaïa non ! »

Miette s'était efforcée de ne montrer aucune surprise. D'un ton accommodant, elle avait tempéré :

« Ah ! c'est de Gaïa qu'y s'est moqué ? Les garçons, c'est toujours comme ça. Y se moquent des filles avant de leur courir après !

– Ouais, p't'être ! Mais en tout cas, Gaïa, c'est pas une pimbêche !

– Non… c'est vrai… C'est pas une pimbêche. »

Augustin avait baissé les yeux. Il n'osait plus regarder sa mère et ne pouvait voir la ride d'inquiétude barrant le front de Miette qui venait de se voir confirmer son jugement.

Ils en étaient restés là, insatisfaits l'un comme l'autre, pareils à deux voyageurs parcourant une route inconnue sur laquelle ils n'avaient pas osé s'aventurer au-delà du virage qui leur masquait la suite. Miette avait emporté les trois livres et, comme elle en avait pris l'habitude maintenant, elle avait mis sur le dessus le livre d'Augustin.

*

* *

Le dimanche suivant, Augustin a sacrifié à son habitude. Il regardait Miette ; elle enfilait de grosses chaussettes de laine qui lui montaient aux genoux, se couvrait d'un manteau sombre, ajustait son chapeau de deuil et, pour finir, entourait ses épaules d'un grand châle dont elle croisait les coins sur sa poitrine.

Une pensée incongrue a traversé l'esprit d'Augustin : il a trouvé que Miette était belle. Enfin, ce n'était pas le qualificatif qu'il aurait utilisé parce qu'il le trouvait trop savant mais, c'était l'idée qu'il s'en faisait. Il n'a pu s'empêcher d'apprécier :

« Ce châle… ben… y t'va bien ! »

Miette, incrédule, est restée quelques secondes les bras arrondis en anses au-dessus de ses épaules :

« Ah ! tu… tu trouves ? »

Augustin, plus embarrassé que sa mère, s'est levé de sa chaise :

« Ouais... bon, tu diras bonjour au papa. Moi, j'vais voir mes bêtes ! »

Il est sorti, a jeté un bref coup d'œil sur les falaises vers l'ouest.

Déjà, elles étaient dans l'ombre, jetant au-dessus de la vallée le mur opaque de leurs parois grisâtres derrière lesquelles le soleil avait disparu depuis la fin de la matinée. Augustin s'est retourné et il a envié ceux d'*Aspres*[1] et de la Broue qui, là-bas, vers le nord, étaient éclaboussés de soleil. Les deux villages attroupaient leurs maisons au pied de la barrière de l'Oisans qui courait, de Roche Courbe au *Grun de Saint-Maurice*[2] contre lequel s'appuyaient les Rochers du Diable. C'est tout ce qu'il en connaissait tout en sachant que cette barrière continuait plus loin, vers l'Olan d'abord, et les Bans tout au fond du Valgaudemar, où se trouvait le fameux glacier de la Pilatte qui excitait son imagination.

Sa bouffée d'envie n'a pas duré. Bien sûr, ceux d'en face avaient le soleil mais ils avaient la bise aussi. Ne prétendait-on pas que les gens de la Broue étaient

---

1. Aspres *: du latin* asper *qui signifie « rocailleux ».* Cf. *Aspres-les-Corps, Aspremont, Aspres-sur-Buëch.*

2. Grun *: un ou deux sommets du Valgaudemar porte ce nom dont la racine celtique est* gar *qui signifie « rocher/hauteur ».*

obligés, l'hiver, d'attacher leur fontaine de peur que la furie du vent ne l'emporte jusqu'au château de Saint-Firmin dont les ruines dominent les eaux vertes de la Séveraisse ! Et eux n'avaient pas le « pertuis ».

Augustin s'est mis en route, les poings serrés au fond de ses poches. Au passage il a jeté un coup d'œil discret sur les fenêtres du logement de l'institutrice. Les volets en étaient clos et, au bas de l'escalier, la porte qui donnait sur la route était soigneusement fermée. C'était tout ce qu'il connaissait de l'endroit où vivait Gaïa.

Un nuage de tristesse commençait de ternir la joie qu'il s'était faite de sa sortie surtout quand ses pensées se sont mises à galoper le poussant à imaginer comment ç'aurait pu être avec Gaïa pour l'accompagner...

Il a chassé cette idée d'un rire bref et, reprenant conscience, il a regardé autour de lui ; rassuré parce que personne ne l'avait surpris, il a décidé d'aller faire une reconnaissance jusqu'à la *naïsse* de Jeantrot. Coupant à travers champs, il s'est bientôt absorbé dans la lecture de la vie de « ses bêtes » et de ce qu'elles en avaient écrit dans la neige.

Il a suivi, un long moment, les traces d'un lièvre qui devait être gros, six à sept livres probablement, ce qui l'a réjoui. Celui-là, au moins, n'avait pas péri sous les plombs de Couderc ou d'un autre des chasseurs du coin. Les « raquettes » du « capucin » avaient gravé une longue série de Y inversés dans la diagonale d'un pré. Le lièvre s'était arrêté, attiré sans doute par une touffe d'herbes sèches et dures dont les lances jaillissaient de la neige sur une petite éminence. Il avait crotté, quelques boules bien rondes, et pissé aussi, laissant une petite tache d'urine qui maintenant rouillait en verglaçant. Le garçon a pris une crotte, entre le pouce et l'index, il l'a écrasée ; elle était dure avant de s'effriter en sciure dont l'odeur rappelait celle du foin un peu moisi. On devinait qu'en quelques bonds le lièvre avait dû gagner un taillis buissonneux dans lequel Augustin a perdu sa trace. Le garçon a imaginé que, sans doute, la bête n'était pas loin, tapie avec ses longues oreilles plaquées contre son échine, et surveillant l'intrus qui, peut-être, l'obligerait à détaler en longues foulées souples.

Augustin alors est descendu vers le creux où il savait être la *naïsse*. L'endroit était encombré d'arbres nains et de buissons qui avaient conservé un peu de neige sur leurs branchettes serrées et qui tombait dans le cou du garçon pendant qu'il progressait le dos courbé. La *naïsse* était gelée en surface, la glace mince et translucide dessinant de larges ocelles concentriques. Sur l'un des bords, la pellicule était cassée, laissant apparaître des mystères d'eau et de grosses rides d'une boue noire dans laquelle des roseaux desséchés pointaient. Sûrement les « cochons » continuaient de fréquenter l'endroit : le sol tout autour était piétiné et une piste terreuse se dessinait, creusée dans la neige, et qui s'enfonçait dans les fourrés impénétrables, un peu plus loin. Le garçon a prêté l'oreille mais aucun grognement ni aucun souffle n'a révélé que les bêtes pouvaient être tout près.

Augustin, maintenant, allait au hasard dans un bocage où chaque taillis, chaque tas des pierres entassées pendant des siècles par les paysans, chaque frêne ou noisetier lui étaient familiers. Sans l'avoir vraiment voulu il s'est retrouvé sur le tertre dont il avait dit à Gaïa que c'était celui d'où il faudrait guetter le soleil qui devait apparaître, là-haut, dans la falaise, quand ce serait le jour et l'heure.

Aujourd'hui cependant, il ne se passerait rien. Il est resté là tout de même. Il a cherché le rocher qui lui servait habituellement de siège et l'a débarrassé de la neige qui le couvrait. Il s'est assis, le rocher était froid et dur sous ses fesses. À trois pas, un corbeau avait piété, laissant les traces fourchues de ses pattes solides, traces qui s'arrêtaient brusquement, remplacées par les légères griffures en éventail des rémiges des ailes quand l'oiseau avait pris son envol.

Augustin a levé la tête parce que, venant des falaises du Dévoluy, un grand corbeau justement ramait lentement dans l'air froid. Deux autres l'ont rejoint, qui jetaient de petits « crâ » de bienvenue, et le trio a traversé la vallée avant de se perdre en face, dans les arbres qui surplombaient la rive droite du Drac.

Le garçon a ramené son regard sur la paroi des falaises. Son œil exercé a eu tôt fait de retrouver ce qu'il cherchait. Dans le gris sombre du rocher, un peu sous la crête, une tache claire se devinait, de la forme d'une virgule. Il a ri en silence et s'est demandé comment Grand'Pa avait bien pu découvrir cette minuscule trouée par où coulait un peu du ciel qui était de l'autre côté. Le vieil homme avait confié le secret du pertuis à Augustin mais s'était obstinément refusé de révéler d'où il le tenait et de qui.

Bientôt, le froid vif a chassé Augustin du tertre. Sa soif de solitude et de vagabondage était satisfaite. Il est descendu vers le hameau dont les premières lumières clignotaient derrière les fenêtres closes. Il s'est refusé d'envisager comment Gaïa et lui allaient venir, au printemps, pour capturer les rayons du soleil qui ne manquerait pas d'être au rendez-vous. Et il ne savait pas s'il fallait avouer à Grand'Pa que, maintenant, Gaïa aussi connaissait le secret du pertuis.

IX

La messe de minuit de P'titPa

ILS SONT PARTIS VERS DIX HEURES ET DEMIE, la nuit était là depuis longtemps. La première messe commençait à 11 heures et il fallait compter une demi-heure pour aller du hameau à l'église du village. Miette est sortie alors qu'Augustin s'apprêtait à tourner l'interrupteur dont il n'avait plus peur maintenant ; il a entendu sa mère dire :

« Le temps est "mou". On n'aura pas trop froid. »

Augustin est sorti à son tour, et pendant que Miette donnait un tour de clef avant de mettre celle-ci dans la poche de son manteau, lui s'efforçait de distinguer les fenêtres de Mme Duteil. Mais on n'en voyait rien, il faisait trop sombre et la façade restait désespérément vide.

Le temps était « mou » en effet. L'atmosphère baignait dans un brouillard léger qui estompait les obstacles et dissolvait les lignes. La neige, ou ce qu'il en restait, craquait à peine sous les pas, comme si elle avait commencé de fondre. Sur la petite route, une clarté immatérielle rampait comme sourdant de la mince couche blanche. Au passage, Augustin a cherché à tâtons une lampe tempête qui attendait sur le rebord poussiéreux de la fenêtre de la petite remise attenant à la maison. Miette a craqué une allumette et enflammé la mèche qui a émis quelques volutes de fumée noire dans une odeur de pétrole. Elle a tendu la lampe à Augustin et dit en plaisantant :

« Tiens ! Maintenant que t'es grand, c'est à toi de la porter ! »

Elle a ajouté, plus sérieusement :

« Faudra faire attention, ça doit glisser ! Tiens ! Tu vas m'aider ! »

Avec un petit rire, elle a glissé sa main sous le bras gauche d'Augustin qui a senti les doigts de sa mère qui s'agrippaient à son avant-bras. C'était la première fois qu'elle faisait ce geste. Il a tourné la tête pour la regarder mais il n'a pu distinguer son visage. Il a souri : elle était bien plus petite que lui et il n'en voyait que le chapeau noir à hauteur de ses épaules bien à l'aise dans leur nouvelle veste.

*

* *

Tout à l'heure, dans la maison, il attendait pour mettre sa pèlerine et, tandis qu'il était assis, les coudes appuyés sur la table, il regardait sa mère terminer ses préparatifs. C'était quelque chose qu'il aimait faire mais, aujourd'hui, il trouvait à Miette quelque chose de changé ; il aurait presque dit : quelque chose de neuf, sans savoir quoi au juste. La lumière dans la pièce était toujours aussi chiche, les vêtements de sa mère étaient ceux qu'il lui connaissait depuis des années : les chaussettes de laine de l'hiver, le manteau sombre, le petit chapeau... Il ne manquait plus que le châle qui envelopperait les épaules. Tout était comme toujours. Et, cependant, un changement subtil avait dû se produire. Augustin aurait presque pu jurer que Miette avait rajeuni. Il avait mis cette impression de côté en pensant que c'était sans doute l'euphorie de la fête de Noël qui lui faisait voir les choses différemment.

Miette avait saisi son châle qui reposait sur le dos d'une chaise mais ne semblait pas décidée à le mettre sur ses épaules. Elle regardait Augustin sans paraître le voir vraiment. Sur son visage flottait une expression interrogative. Brusquement, elle avait ordonné gentiment :

« Lève-toi un peu pour voir ! »

Le garçon avait obéi sans comprendre. Miette avait reposé le châle. Son regard avait paru soupeser et mesurer quelque chose dans les épaules et dans la stature d'Augustin qui lui faisait face. Elle avait dit pour elle-même :

« Il est p't'être un peu moins large mais presque aussi grand. On va bien voir... »

Elle avait disparu dans sa chambre. Augustin avait entendu grincer la porte de l'armoire. Miette était revenue presque immédiatement portant, précautionneusement plié sur son bras gauche, un vêtement que sa main droite lissait à petits coups attentionnés. D'une voix qui se cassait un peu, elle avait dit :

« Tu deviens un peu grand pour mettre une pèlerine, et ta veste, ben, elle est pas trop chaude. Tiens, essaye celle-ci ! Elle sera p't'être un peu large mais baste… »

Augustin regardait la veste que Miette tenait maintenant à bout de bras. Elle était d'un gris plutôt foncé, avec de très fines rayures, et des boutons qui brillaient doucement, tout comme une vraie veste du dimanche bien que de coupe un peu surannée. Il avait senti quelque chose qui grattait dans sa gorge. Il avait hésité :

« Tu sais ? C'est pas la peine… La pèlerine, ben, j'ai l'habitude. »

Miette avait répliqué gentiment, mais le ton était ferme :

« Discute pas et fais ce que je te dis ! »

Augustin avait pris la veste que Miette lui tendait et, un peu gauchement, il l'avait passée. Une odeur discrète de renfermé et de lavande sèche avait flotté dans la petite pièce. Il s'était tout de suite senti à l'aise. La veste, un peu cintrée, lui prenait bien la taille et les manches étaient à la bonne longueur. Seules les épaules flottaient légèrement. Il avait questionné Miette en la regardant dans les yeux :

« C'est celle du papa hein ? »

Elle avait fait « oui ! » de la tête. Son menton tremblait un peu. Elle avait réussi à dire dans un petit sourire :

« J'suis sûre qu'y serait content de te voir avec ! »

Pendant que son regard effleurait la photographie sur le buffet, elle avait entouré ses épaules de son châle et Augustin avait pensé que, sûrement, elle avait quelque chose de changé, en plus jeune.

*

* *

Ils ont marché, assez vite, même si Augustin devait se reprendre de temps à autre parce que ses enjambées étaient trop grandes pour Miette. Il s'en rendait compte tout à coup quand elle soufflait un peu plus fort et que sa main se crispait légèrement sur son bras à lui. Le halo de la lampe qu'il balançait à bout de bras animait des ombres de chaque côté de la route et faisait surgir des fantômes blanchâtres d'arbres ou de buissons qui, silencieux, les regardaient passer.

Derrière eux, ils ont entendu un groupe dans lequel on parlait fort. Ils ont reconnu les voix d'Émilie Couderc et de son inséparable Solange Rinçon. Sans se concerter, ils ont accéléré un peu afin de maintenir une distance qui empêcherait les autres de les rejoindre. À l'entrée du village, des groupes arrivaient de différentes directions ; Miette a lâché le bras d'Augustin.

Ils sont entrés dans l'église. La nef était faiblement éclairée par quelques ampoules électriques. Pendant que Miette remontait l'allée centrale pour se mettre près du chœur où brûlaient de nombreux cierges, Augustin a décidé de rester au fond de l'église comme il l'avait toujours vu faire aux hommes. Pour lui, c'était la première fois. Il s'est adossé à un pilier et a fait comme les autres qui étaient là, assez peu nombreux, en mettant ses mains l'une dans l'autre, sur son ventre. Il a attendu, debout, patiemment. Quelque temps après, Émilie Couderc est arrivée et son fils Julien devant elle. Quand celui-ci a aperçu Augustin, il a fait mine de s'arrêter mais sa mère l'a poussé fermement en lui crachant quelques mots à l'oreille. Julien a obéi et baissé la tête. Augustin n'en a ressenti aucune émotion particulière.

Pendant qu'il patientait, il regardait discrètement ce qui se passait dans l'église, cherchant à reconnaître celui-ci ou celle-là parmi les arrivants. Devant, vers la petite barrière qui séparait la nef du chœur, les garçons chahutaient en se montrant du doigt les filles de l'autre côté de l'allée centrale ; leurs chuchotis, qu'ils croyaient discrets, arrivaient jusqu'au fond de la petite église, se mêlant aux raclements de chaises et aux claquements des souliers qui tapaient le sol de l'entrée pour se débarrasser de la neige que leurs propriétaires avaient ramassée sur les chemins.

Dans le groupe des gamins, deux ou trois têtes dépassaient, celles des plus âgés, de treize ou quatorze ans, et qui devaient souhaiter ardemment atteindre le paradis des grands, celui qui permet de rester au fond de l'église et de sortir avant les femmes et les filles. Une tête se retournait plus fréquemment que les autres, celle de Julien Couderc, qui devait chercher l'endroit où se tenait Augustin.

Peu avant que le prêtre ne fasse son entrée, Augustin s'est surpris à tripoter distraitement quelque chose que sa main avait dû découvrir au fond d'une des poches de la veste. Au début, ça devait se confondre avec la couture. Ses doigts avaient dû gratter, machinalement, pendant que ses pensées étaient ailleurs. Brusquement, il a pris conscience de ce que faisait sa main. Il a sorti la chose de sa poche.

C'était long et fin, comme une allumette, un peu épointé à l'une des extrémités. Ç'avait dû être un petit morceau de bois, une branchette peut-être ; de l'écorce l'entourait encore, noircie, dure, qui faisait corps avec le bois qui était dessous. Il a mis un petit moment à comprendre de quoi il s'agissait. Enfin, pendant que son index s'agaçait sur la pointe du petit morceau de bois, la vérité s'est fait jour : c'était probablement un cure-dents.

Cette découverte a provoqué un petit choc dans la poitrine d'Augustin. Tout à l'heure, il avait failli jeter ce qu'il considérait comme une de ces bricoles qui traînent au fond des poches, qu'on garde ou qu'on jette sans y penser, selon l'humeur du moment. Ce qu'il avait dans la main était un de ces riens mais, sans doute possible, ce rien avait appartenu à son père, l'autre Augustin qui avait dû le tailler soigneusement ; on distinguait encore les à-plats laissés par le passage du couteau.

Augustin a remis précautionneusement le cure-dents au fond de sa poche et il a cherché, dans sa tête, où il le cacherait pour éviter que la petite relique ne disparaisse un jour où sa mère nettoierait la veste.

*

* *

Au moment où le prêtre descendait au pied de l'autel pour commencer la deuxième messe, Augustin a tout à coup senti une chaleur envahir son visage et son cou. Là-bas, devant, au milieu des femmes, une tête avait attiré son attention. Un bonnet clair la coiffait duquel s'échappaient, en anglaises, des cheveux sur lesquels les lueurs clignotantes des cierges jetaient des reflets d'or roux. Puis, la tête a tourné pour regarder en arrière et Augustin a ravalé sa déception en se traitant de fada. Ça ne pouvait pas être Gaïa ; elle était à Grenoble, comme sa mère l'avait dit et, de plus, on n'avait jamais vu Mme Duteil à l'église, pas plus que sa fille d'ailleurs. Miette était au courant, qui avait confié un jour à Augustin :

« Mme Duteil, c'est quelqu'un. Dommage qu'elle aille pas à l'église. C'est elle qui me l'a dit, qu'elle croyait plus à grand-chose. Ma foi... elle doit avoir ses raisons... »

*

* *

Vers le milieu de la troisième messe, alors qu'il regardait l'enfant de chœur en soutane rouge et surplis blanc agiter sa sonnette pour inviter les fidèles à se mettre à genoux, Augustin a senti une légère poussée contre son épaule. Il n'a pas tourné la tête et pourtant quelqu'un avait dû arriver sans qu'il s'en rende compte et s'était glissé à côté de lui. Après quelques secondes, il a senti un souffle contre sa joue et perçu des chuchotements dans son oreille :

« Ben dis donc ! Pendant un moment j't'ai pris pour ton père ! Qu'est-ce tu lui ressembles ! »

Il a sursauté puis a reconnu la voix de P'titPa. La remarque l'a d'abord laissé sans voix. Enfin il a bredouillé :

« Ben... pourquoi qu't'es venu ? »

P'titPa a eu un rire silencieux. Malgré la lumière plutôt pauvre, Augustin a remarqué que la joue, qui riait en même temps que la bouche, était soigneusement rasée, ce qui ne se produisait pas souvent. P'titPa a précisé et il se retenait pour ne pas rire plus fort :

« Ben, voilà... j'me suis dit que je pouvais aller à la messe de minuit. C'est la première fois depuis l'hiver de 13 ! Grand'Pa m'a pas vu. Y dormait. Sinon, j'en aurais entendu, surtout quand j'me suis rasé ! »

Ils sont alors restés silencieux jusqu'à la fin de la messe. Quand les quelques hommes qui étaient là ont commencé à sortir, P'titPa a regardé Augustin se signer. Il a voulu l'imiter et a fait une ébauche de geste de la main vers sa tête puis sa poitrine. Il a haussé les épaules avec un geste fataliste et s'est dirigé vers la porte suivi d'Augustin. Ils se sont arrêtés au bas des marches, un peu sur le côté, et se sont mis à surveiller le flot des femmes et des enfants qui s'écoulait devant eux.

Miette est arrivée. Elle n'a pas eu l'air trop surpris. Elle a moqué P'titPa, gentiment :

« Qu'est-ce qui t'arrives mécréant ? Voilà qu'tu viens à la messe maintenant ! »

Pendant que P'titPa se contentait de rire, Augustin les regardait tous deux, un peu abasourdi. Miette a tendu la lanterne devant elle :

« Au lieu de rire, tu ferais mieux de l'allumer. »

P'titPa a actionné le briquet de cuivre qu'il avait sorti de sa poche, a mis le feu à la mèche et, à ce moment-là, Augustin a eu comme une révélation. La flamme de la lanterne a éclairé fugitivement le visage de Miette et le garçon a découvert ce qui rendait plus jeune le visage de sa mère : la voilette noire du chapeau avait disparu.

X

Les projets de P'titPa

Les vacances de Noël se sont terminées. Mme Duteil a repris la classe. Elle était revenue, seule ; Gaïa n'était pas avec elle. En tout cas ni Miette ni Augustin ne l'avaient aperçue. L'institutrice elle-même passait, de temps à autre, demander à Miette de bien vouloir faire un peu de lessive ou de nettoyage. La plupart du temps Augustin n'était pas là, occupé le plus souvent chez Grand'Pa. En tout cas, c'est là qu'il se rendait chaque matin, parce que cette habitude, dorénavant, faisait partie de l'ordre des choses. Vers le soir, quand il s'en retournait, Grand'Pa remarquait :

« Ah ? Tu t'en vas déjà ? Bon. Ben, à demain alors ! »

P'tit'Pa, s'il était présent, renchérissait :

« Ouais ! À d'main hein ? Sans faute ? Et, bien le bonsoir à Miette, enfin... à ta mère ! »

Augustin traînait un peu en chemin. D'abord, il aimait traverser le hameau à la nuit. Le froid ne le gênait en rien. Il marchait, au milieu de la route, évitant ainsi les aiguilles de glace qui risquaient de tomber parce que le gel ne les avait pas encore figées au bord des toits après le pâle soleil de la journée. En arrivant au sol, elles se brisaient dans un bruit cristallin, éparpillant des fragments qui restaient là comme des colonnettes disloquées.

Il n'avait plus cette tentation de recommencer ce qu'il aimait à faire, il n'y avait pas si longtemps : chercher une extrémité de glace bien pointue qu'entre gosses ils appelaient « une chandelle », et la sucer en évitant d'y mettre les dents. Ça n'avait qu'un curieux goût légèrement métallique, c'était lisse et glacé, mais la chaleur de la langue se mouillait d'un peu d'eau qui semblait venue d'ailleurs, et qu'on avalait quand elle s'était un peu réchauffée dans la bouche.

Non ! Maintenant, son esprit vagabondait, désorienté, avec une petite douleur née de l'absence de Gaïa dont il n'arrivait pas à comprendre pourquoi elle n'était pas revenue avec sa mère. Il s'en était étonné auprès de Miette et celle-ci avait répondu, un peu évasivement lui avait-il semblé :

« Oui. Mme Duteil m'a dit qu'elle remonterait pas tout de suite. J'ai pas osé lui demander pourquoi... C'est pas nos affaires ! »

*

* *

Pendant qu'il prenait son temps pour rentrer, un chien, parfois, venait se frotter dans ses jambes, ou bien un chat traversait devant lui à toute allure, dont il voyait ensuite les yeux luire à l'abri d'un porche d'étable ou d'une fenêtre d'appentis. De plus en plus fréquemment, ses pensées le ramenaient à cette nuit de Noël et au retour après la messe de minuit. Il se demandait ce qui avait bien poussé P'titPa, plutôt en retrait d'habitude aussitôt que Miette était dans les parages, à les raccompagner sur le chemin du retour. Ils avaient fait route ensemble après que P'titPa eût demandé :

« Ça vous fait rien si j'reviens avec vous ? »

Il n'y avait pas eu de réponse directe si ce n'est que Miette avait décidé :

« Tiens ! Tu porteras la lanterne ! »

Elle avait glissé son bras sous celui d'Augustin, comme à l'aller. P'titPa avait hésité un moment, puis était parti devant. Personne ne disait mot. Seulement, une fois ou deux, P'titPa avait lancé par-dessus son épaule :

« Ça va ? Vous arrivez à suivre ? »

Ensuite, à plusieurs reprises, il s'était retourné pour constater qu'il avançait plus vite que les deux autres. Il avait attendu d'être rejoint pour repartir. Enfin, il avait fini par convenir :

« Bon ! j'vais marcher à côté de vous, hein ?...

Ce sera plus pratique. »

Il s'était mis à la gauche de Miette.

Tous trois avaient cheminé en silence, un long moment. Leurs pas avaient fini par s'accorder, qui faisaient crisser la neige bien prise par le gel. La brume qui les avait enveloppés à l'aller s'était dissipée. Le froid était vif dans l'air immobile et la nuit figeait les minuscules éclats des étoiles dans le ciel d'un noir bleuté. Un très mince croissant de lune dérivait au-dessus des falaises de la montagne de Féraud dont on devinait la muraille, mille mètres au-dessus, et qui paraissait vouloir écraser la route.

P'titPa, sans crier gare, avait rompu le silence :

« Bon ! ben, j'pense que j'vais aller travailler au barrage ! »

Augustin avait cru sentir, dans son bras gauche, une hésitation de Miette comme si elle allait s'arrêter. Mais elle avait réussi à se reprendre et avait continué de marcher, s'efforçant de rester à la hauteur de P'titPa. Après quelques secondes, elle avait interrogé :

« T'es sûr ? Qu'est-ce qui t'arrives ? T'en avais jamais parlé ! »

Ils avaient avancé d'une dizaine de mètres encore et P'titPa avait concédé :

« Ouais... c'est vrai. Mais, hein ? Tant que c'était pas fait... Mais ça y est, j'ai eu la réponse, par Jeymond, qui du Motty. Tu le connais Jeymond ?

– Bien sûr !

– Voilà ! Ça sera à partir d'avril. »

Cette nouvelle, surprenante, les avait laissés muets un long moment : elle infusait lentement dans les esprits. P'titPa paraissait attendre. Enfin, Miette avait demandé :

« Et… Grand'Pa… il en pense quoi ? »

La réponse avait tardé à venir :

« Grand'Pa ?… Ben… sûr qu'au début… tu sais comment qu'il est Grand'Pa ? J'lui ai expliqué…

– Ah ? Et alors ?

– Alors ? Ben, à présent, il est d'accord. Même, des fois, y m'encouragerait presque… »

Il y avait eu un long silence avant que P'titPa ne se lance dans une plaidoirie un peu embrouillée. Les mots ne lui venaient pas bien et il entrecoupait ses phrases de longs silences. Les deux autres écoutaient et, de temps à autre, Augustin sentait la main de sa mère se crisper légèrement sur son bras sans qu'on puisse dire si c'était à cause d'une difficulté du chemin ou parce que ce qu'avait dit P'titPa la faisait réagir.

On arrivait à comprendre que celui-ci avait mûri son projet, lentement. La ferme ? Ben, la ferme ou ce qu'il en restait hein ?… Lui, il pensait à autre chose. Ceux qu'il connaissait, enfin certains comme Jeymond par exemple, ils y travaillaient au barrage, alors ?… Pourquoi pas lui, qui était jeune encore, non ?… (P'titPa avait eu un rire nerveux.) Et, ce chantier, il allait durer des années, sans compter que ça gagnait bien au barrage...

Arrivé à ce point de ses explications, P'titPa avait eu des hésitations, il mangeait ses mots, revenait en arrière, expliquait à nouveau en s'embrouillant qu'avec ce qu'un homme gagnait au barrage il n'avait pas de peine à entretenir une famille, avec femme et même... enfant... Et pis... à Corps... il avait repéré des logements déjà... avec commerces et tout... et la gare à côté d'où il était facile de descendre à Grenoble quand on en avait envie ! Enfin, à bout de souffle, et d'arguments, il s'était tu.

Pendant qu'Augustin s'efforçait d'assimiler cette nouvelle extraordinaire, Miette aussi devait réfléchir. Comme le silence de P'titPa se prolongeait, elle avait demandé :

« Et, là-bas, au chantier, t'iras comment en attendant que... t'habites à Corps ? C'est loin tu sais ? Avec la côte du Motty pour aller et la côte du Sautet pour revenir. »

P'titPa avait ri de cet obstacle imaginaire :

« Alors là, c'est pas un souci ! Un bon vélo, et voilà ! J'suis encore jeune, non ? »

C'était la deuxième fois qu'il faisait cette remarque.

Ils arrivaient presque aux premières maisons du hameau ; le chemin du retour leur avait paru très court. P'titPa avait toussé avant de se hasarder :

« Ben, et toi Miette... qu'est-ce t'en penses ? »

Il y avait eu à nouveau cette crispation sur le bras d'Augustin. Miette avait soufflé :

« Qu'est-ce que tu veux que j'en pense ? C'est pour toi hein ? C'est... c'est toi qui décides, non ? »

P'titPa s'était arrêté. On avait senti qu'il faisait un gros effort pour parler :

« Sûr, sûr qu'c'est moi qui décide mais... j'ferai rien sans ton avis. Voilà, c'est dit ! »

Il avait tendu la lampe à Augustin et ajouté d'une voix un peu enrouée :

« Allez ! Bonne nuit à tous les deux ! »

Puis il avait plaisanté :

« J'vais tâcher d'pas réveiller Grand'Pa. Y a longtemps qu'y croit plus au Père Noël ! »

Miette et Augustin n'avaient pu s'empêcher de rire. Presque ensemble ils avaient lancé :

« Bonne nuit ! »

Ils étaient rentrés sans plus se parler.

*
*   *

Quand il traversait le hameau, le soir, Augustin repensait à cet épisode. Jamais encore il n'avait vu un P'titPa ressemblant à celui qui les avait raccompagnés après la messe de minuit et, en même temps que le garçon était touché de cette confiance que le fils de Grand'Pa leur avait faite en se confiant de cette manière, il s'inquiétait de ce qu'il croyait déceler d'intentions cachées dans cette démarche.

Il faisait des efforts pour imaginer que sa mère et P'titPa... Non ! C'était inconcevable. Le souvenir de la photographie, sur le buffet, venait brouiller sa vue. Mais quoi... il ne pouvait ignorer cette Miette qui semblait rajeunir... et la voilette qu'elle avait coupée... et ce P'titPa avec sa joue bien rasée qui souriait autant que sa bouche, à la messe de minuit... P'titPa à la messe de minuit !

Quand il arrivait devant la maison de l'institutrice, d'autres préoccupations l'assaillaient. Arrêté dans le refuge sombre d'une porte cochère, il regardait la fenêtre allumée derrière le volet clos. Il oubliait Miette et P'titPa et s'inquiétait du sort de Gaïa qui n'était pas remontée de Grenoble et, surtout, il se demandait si elle allait revenir. C'était bien assez pour un seul soir. Alors, vite, il rentrait et, bientôt, il retrouvait l'apaisement de la lecture en face de sa mère.

XI

Un mirage sur la neige

Augustin n'en était pas sûr mais il lui avait bien semblé apercevoir Gaïa. En ce début d'après-midi, il était dans la bergerie en compagnie de P'titPa. Tous deux, courbés sous la voûte de pierres, s'escrimaient pour débarrasser le sol de l'épaisse couche de fumier qui grossissait depuis le début de l'hiver. Ils avaient regroupé les brebis dans la cour à l'intérieur d'un enclos provisoire fait de barrières de bois et de grillage d'où les bêtes ne pouvaient s'échapper.

On était à la mi-janvier et le fumier s'était entassé sur le sol, petit à petit, piétiné sans arrêt tandis qu'on ajoutait de la paille pour tenir les bêtes au sec. Il a fallu arracher la couche durcie avec une pioche. C'est ce que faisait P'titPa en bougonnant parce que la hauteur sous le plafond était trop réduite pour qu'il puisse manier facilement son outil. Augustin remplissait la brouette, au fur et à mesure, et dont il allait vider le contenu dehors sur un tas déjà bien haut. Dans l'air froid de janvier le fumier dégageait une buée chargée d'odeurs fortes : suint, urine et crottes mêlées. Tout ça macérait depuis qu'on avait rentré les bêtes à la fin de l'automne.

Augustin a renversé la brouette sur le tas puis l'a remise d'aplomb sur le sol. Il s'est redressé pour se masser le dos des deux mains. Il ne se sentait pas du tout fatigué pas plus qu'il n'avait besoin d'une pause. Pourtant il s'arrêtait à chaque voyage et mimait ce geste qu'il avait vu faire maintes fois par Grand'Pa. Le vieil homme, alors, l'accompagnait d'une grimace de douleur non feinte et d'un commentaire toujours identique :

« Ouh ! Fait pas bon rajeunir ! »

C'est pendant qu'il s'étirait d'aise, heureux de se sentir fort, qu'Augustin a cru apercevoir Gaïa. Il regardait, sans y accorder beaucoup d'attention, les prés et les champs qui débutaient tout de suite après la cour et s'en allaient, en vallonnements successifs, jusqu'à un petit bois de pins sylvestres au-delà duquel la pente d'éboulis s'élançait, presque à pic, jusqu'au pied des falaises de Féraud.

Il a senti un frisson lui parcourir le dos. Ç'avait été une vision fugitive, là-bas, où il savait être le chemin montant qui côtoyait le torrent. D'abord il s'est forcé à ne pas donner d'importance à ce qui n'était sans doute qu'une illusion due à la réverbération de la pâle lumière sur la neige. Cependant, il continuait de fixer l'endroit où il avait cru voir disparaître la silhouette. Puis, son regard a suivi, lentement, la ligne de la pente derrière laquelle s'appuyait le chemin. Il n'y avait rien.

Pris d'une envie irrépressible de savoir, Augustin a appelé :

« P'titPa ! »

Il avait dû crier fort, sans s'en rendre compte. Dans leur parc, les brebis, effrayées, ont sursauté et bêlé en se tassant les unes contre les autres. La voix de P'titPa est sortie du trou obscur qui s'ouvrait derrière la porte de la bergerie :

« Qu'est-ce qui arrive ? »

Sa tête est apparue, puis son corps. Il tenait à la main sa pioche sur laquelle il s'est appuyé, un peu voûté sous le linteau de pierre de l'entrée. Ses yeux interrogeaient ; Augustin n'a su que dire :

« J'reviens dans cinq minutes ! »

Il est parti en courant. P'titPa a secoué la tête dans un mouvement d'incompréhension. Il a suivi des yeux Augustin qui sautait par-dessus les clôtures, escaladait les talus, s'enfonçait presque dans un bief que la neige avait dissimulé...

« L'a dû voir une bête, sûrement. Jeune fou ! Elle t'aura pas attendu ! »

Il est rentré sous la voûte, a craché dans ses mains et a repris son ouvrage.

*

* *

Augustin tentait de courir. Ses pieds s'enfonçaient dans une bonne couche de neige. Tous les cinquante mètres il s'arrêtait, quatre ou cinq secondes, pour souffler. Il entendait dans ses oreilles les coups sourds du sang qui battait. Dans sa tête, des mots sans suite se bousculaient, dont un qui revenait sans cesse : « Gaïa ! » Il est arrivé, enfin, à l'endroit où il avait cru la voir. Le chemin était bien là, désert. Il s'est arrêté, comme devant un vide. Là où il espérait une trace fraîche, dans la neige vierge, se croisaient et s'entrecroisaient des empreintes multiples ; il y avait même les sillons irréguliers laissés par les patins d'un traîneau d'un qui avait dû aller au bois ou ailleurs.

Pendant que les battements de son cœur se calmaient, Augustin a fouillé des yeux le chemin qui s'enfuyait vers la forêt, immobile et silencieuse trois ou quatre cents mètres plus haut. Il a calculé que Gaïa n'aurait pas eu le temps d'arriver sous les arbres alors que lui courait à travers champs. Il a senti le froid tout à coup. Tête basse, il est revenu dans la cour où la brouette l'attendait.

P'titPa est apparu dans l'encadrement de la porte. En voyant Augustin il s'est arrêté. Il a demandé :

« Alors ? Tu l'as vu ? C'était quoi ? Un cochon ? »

Augustin a secoué la tête en signe de dénégation. P'titPa a plaisanté :

« Tu parles ! Cochon ou chevreuil, y t'a pas attendu ! »

Voyant qu'Augustin ne répondait pas, il s'est approché. Sur le visage du garçon il a cru lire la déception qu'engendrait la frustration d'une traque manquée. Un peu abruptement, il a commandé :

« Allez ! Reste pas là à rien faire ! En plus que tu t'es donné chaud ! Attrape-moi cette brouette et viens me débarrasser ! Oublie pas que t'as pris du retard ! »

Augustin semblait ne pas entendre ; le garçon regardait vers les champs, cherchant quelque chose ou... quelqu'un. Saisi tout à coup d'une illumination, P'titPa a baissé la tête avant de grommeler pour lui-même :

« M... ! C'que j'suis bête ! Pffff ! »

Enfin, Augustin a saisi la brouette et a disparu dans la bergerie.

*

* *

Ils ont travaillé une bonne heure encore, sans échanger un mot. P'titPa surveillait Augustin du coin de l'œil. La bonne humeur du début de l'après-midi avait disparu. P'titPa connaissait cette espèce d'abattement qui s'emparait d'Augustin de temps à autre, depuis les vacances de Noël surtout. Oh ! le garçon travaillait toujours aussi bien, peut-être même mieux. Simplement, il n'y mettait plus le même entrain et, surtout, il restait silencieux, la tête ailleurs pendant que son corps travaillait mécaniquement.

P'titPa a terminé de gratter le sol. La terre battue apparaissait par endroits, sur laquelle ne restaient plus que des débris de paille souillée. Augustin a emmené une dernière brouette de fumier puis est revenu. Pendant ce temps P'tit'Pa avait dispersé sur le sol une bonne litière de paille fraîche. Augustin, appuyé au mur, regardait distraitement. P'titPa s'est assis sur la botte de paille qu'il avait entamée. Il a poussé un soupir d'aise :

« Ouf ! Cinq minutes hein ? On les a bien gagnées ! »

Il a fouillé dans sa poche, en a sorti une blague de tabac gris et un cahier de feuilles à cigarettes. Ses gros doigts ont dégagé une feuille, précautionneusement, dans laquelle il a dispensé une ration de tabac. Il a roulé sa cigarette dont il a humecté le bord d'un petit coup de langue parcimonieux. Pendant tout ce temps, ses yeux allaient et venaient de la cigarette à Augustin. Il a allumé la cigarette avec ce briquet qu'Augustin connaissait bien et dont il aimait l'éclat du cuivre qui s'affinait sans cesse des frottements dans la poche. À chaque fois, Augustin tentait d'imaginer P'titPa, dans une tranchée, en train de polir ce briquet dans une douille de cartouche de mitrailleuse. C'est ce que P'titPa lui avait expliqué, un jour, avec une voix qui ne lui ressemblait pas.

L'odeur âcre du tabac s'est répandue dans la bergerie se mêlant aux relents de fumier qui stagnaient encore et qu'avait commencé de combattre la fragrance sèche de la paille propre. Augustin regardait le bout rougeoyant de la cigarette que P'titPa, d'un coup de langue habile, avait glissée au coin gauche de sa bouche. Il a tendu la blague et le cahier de feuilles à Augustin. Il a proposé :

« Tu veux toujours pas essayer ?

– Non, toujours pas...

– Ma foi, tu dois avoir raison... Alors, on est pas bien là ? Hein ? Qu'est-ce t'en penses ? »

Augustin a souri sans répondre. Son sourire n'atteignait ni ses joues ni ses yeux. P'titPa a poursuivi :

« Tout à l'heure... t'es sûr ? T'es sûr de c'que t'as vu ?

– Tout à l'heure ? Ah... oui... Enfin... non ! J'suis pas sûr !

– Tu penses qu'c'était quoi ? Un cochon ? »

L'homme a senti la gêne chez le garçon. Il a aspiré une bonne goulée puis a soufflé lentement la fumée vers le sol entre ses jambes. Il a suggéré :

« Tu sais ? Tu peux dire hein... Y m'semble... Enfin, j'crois qu't'aurais pas couru comme t'as fait si c'était pour un cochon ou même un chamois... Tu sais qu'y leur arrive de descendre, quand y fait bien froid ? J'me trompe ? »

Augustin grattait dans la paille du bout de sa chaussure, machinalement. Il a admis :

« Ben... j'ai cru... j'ai cru que j'avais vu Gaïa... »

Ils sont restés silencieux un long moment pendant que la cigarette se consumait lentement au coin de la bouche de P'titPa. La fumée montait vers son œil gauche qu'il fermait à demi pendant que sa cicatrice souriait du côté droit.

« Alors c'est vrai ? T'en pinces pour cette fille ? »

Augustin a mis les mains au fond de ses poches. Maladroitement, il s'est défendu :

« Qu'est-ce que tu racontes ? J'ai cru que c'était elle, c'est tout. Depuis l'temps qu'elle est partie, j'croyais...

– J'vois pas pourquoi tu te défends. Gaïa, j'comprends qu'tu peux la trouver à ton goût ! Rappelle-toi ! J'te l'avais dit quand j'les ai amenées sa mère et elle. »

Voyant qu'Augustin restait silencieux P'titPa a plaisanté :

« Si j'avais ton âge ben, moi aussi, j'suis sûr que je lui courrais après ! Cette Gaïa, elle en vaut la peine !

– J'lui cours pas après ! Non mais, qu'est-ce tu racontes !

– Bon, bon ! Te fâche pas ! »

P'titPa est redevenu sérieux :

« Les femmes, tu sais, faut faire attention. Y en a qu'on leur court après, comme ça, pour le plaisir. Pis d'autres... ben... d'autres, c'est aut'chose, mieux... plus sérieux quoi. Enfin, tu vois c'que j'veux dire ? »

Il s'est tu. La cigarette s'était éteinte. Il a sorti une petite boîte métallique de sa poche et l'a ouverte. Il y dormait quelques cigarettes à moitié consumées auxquelles il a ajouté celle qui était au coin de sa bouche. Il a fermé la boîte :

« J'économise hein ? Pas besoin de gaspiller ! »

Il a remis la boîte dans sa poche :

« Si j'peux dire hein, pour Gaïa, ben... Oh m... ! j'sais pas dire ces choses-là moi ! Alors voilà, Augustin... Fais attention quoi ! Cette fille, elle est presque trop belle et pis... ben... on sait pas c'qu'elle a dans la tête, voilà. »

Il regardait Augustin. Celui-ci a sorti les mains de ses poches. Ses poings étaient serrés. Il a fait mine de s'en aller puis s'est retourné. Son visage avait durci :

« Qu'est-ce que vous avez tous après Gaïa hein ? De toute façon, elle est même pas remontée et... et... c'est pas ma "payse"... ça non ! Et pis, j'en veux pas moi, de "payse" ! »

Il avait jeté ces mots comme un défi. Il est sorti. P'titPa est resté assis sur sa botte de paille un long moment encore. Il regardait sans le voir le rectangle clair par lequel le garçon avait disparu. Enfin, il s'est levé pour sortir à son tour. Augustin était dehors, appuyé à la barrière qui retenait les brebis. Il semblait avoir retrouvé son calme. P'titPa a suggéré :

« Bon, j'crois qu'on peut rentrer les bêtes. »

Ils ont guidé les brebis vers la porte ouverte par où elles sont entrées en bêlant et en se bousculant.

XII

Le « jour de l'écureuil »

DÉBUT FÉVRIER, LA VIE D'AUGUSTIN A BASCULÉ. Tous s'en sont rendu compte, Miette bien sûr mais aussi Grand'Pa et P'titPa. Et ils n'ont pas eu à se concerter pour comprendre que le retour de Gaïa avait coïncidé avec ce changement. Il y avait un mois et demi qu'on ne l'avait vue mais, sitôt de retour, elle a agi comme si cette longue parenthèse s'était refermée brusquement ou même n'avait pas eu lieu. Dès le lundi de son arrivée, la jeune fille a renoué avec cette habitude de sa promenade au début de l'après-midi. Grand'Pa et Augustin ont découvert sa présence presque en même temps.

Tous deux étaient dans la cour, en bras de chemise. Il faisait à peine froid. Depuis deux ou trois jours, le soleil plus haut dans le ciel caressait, sans se cacher derrière, la crête de Féraud avant de disparaître, vers 3 heures de l'après-midi, masqué par la falaise. Augustin surveillait sa course, comptant les jours interminables qui le séparaient de ce moment qu'il espérait avec une inquiétude croissante : l'équinoxe.

Depuis qu'il avait entendu dans la bouche de Gaïa ce mot si complexe, il lui prêtait une forme de pouvoir magique qui devait avoir un lien avec le secret que lui avait confié Grand'Pa : le soleil disparaissant derrière la montagne puis réapparaissant durant quelques secondes aux yeux des seuls initiés à savoir Grand'Pa et lui Augustin. Bientôt, Gaïa aussi entrerait dans le cercle des privilégiés. Encore fallait-il qu'elle soit là.

*

* *

Ils avaient installé la *chèvre*[1], bien commodément, près du bois qu'ils étaient allés chercher le matin même. Ils avaient ramené une dizaine de petits chênes pubescents au tronc torturé, coupés l'année précédente au bord d'une pâture. S'y ajoutaient des rejets qui avaient séché contre le mur de la bergerie ; ils provenaient de frênes dont Grand'Pa n'arrachait pas les souches qui maintenaient le talus au-dessus d'un chemin. Grand'Pa et Augustin se faisaient face, chacun tirant à son tour sur la scie passe-partout. Avec un chant dont l'aigu virait peu à peu au grave, la lame mordait le bois et disparaissait progressivement

1. Chèvre *: support rustique pour débiter les pièces de bois.*

à l'intérieur du tronc. Deux légères cascatelles claires tombaient alternativement en pluie de sciure grossissant un monticule dont le jaune tranchait sur la terre noire de la cour.

La scie a tranché les dernières fibres et un nouveau rondin est tombé. Grand'Pa et Augustin se sont redressés avec un sourire de connivence. Puis, le regard de Grand'Pa a dérivé sur quelque chose derrière Augustin. Le vieil homme a plaisanté :

« Ça alors ! Regardez qui va là ! »

Augustin, intrigué, a tourné la tête. Il est resté figé quelques secondes. Il s'est essuyé machinalement les mains sur son pantalon. Il sentait une rougeur vers ses oreilles cependant que les battements de son cœur s'accéléraient. Gaïa était à quelques pas. Son visage était pâle, plus pâle encore qu'avant lui a-t-il semblé. Elle souriait à peine, comme il la connaissait, l'ourlet des lèvres étiré vers les fossettes à peine marquées de chaque côté de la bouche. Il l'a trouvé vulnérable, sauf quand il a croisé son regard d'eau sombre. Elle les a salués de sa voix grave :

« Bonjour Grand'Pa ! Bonjour Augustin ! »

Grand'Pa a répondu :

– Bonjour mademoiselle !

Augustin a réussi à articuler un timide :

– Bonjour Gaïa ! »

Elle le fixait maintenant. Elle a questionné pendant que sa main désignait vaguement un point derrière elle :

« Le chemin, celui qui longe le torrent, y a-t-il beaucoup de neige ?

– Non... non... presque plus. Mais, p't'être dans le bois, plus haut, y doit en rester. C'est à l'ombre.

– Bon, merci Augustin ! Je vais tenter ma chance. Au revoir Grand'Pa ! Au revoir Augustin ! »

Elle a tourné les talons. Augustin, un peu désemparé, la regardait s'éloigner. Des anglaises dépassaient sous son bonnet et jetaient de petites flammes sur ses épaules. Grand'Pa a toussoté :

« Mmm... ! P't'être que tu pourrais lui montrer un peu le chemin non ? Toi, t'as l'habitude ! »

Augustin a hésité. Ses jambes restaient plantées dans la cour, ses pieds dans la sciure pendant que sa tête, déjà, était partie. Il s'est inquiété, sans conviction :

« Ben, et toi ? Comment qu'tu couperas ?

– Bah ! T'en fais pas ! Y reste plus grand-chose. J'vais ranger c'qu'on a déjà coupé. On finira de scier quand tu reviendras ! Allez file ! »

Grand'Pa souriait alors qu'Augustin était déjà à vingt mètres. Le vieil homme s'est retenu de lancer une plaisanterie qui lui était venue. Il a marmonné :

« P'titPa, ben, il a raison. Notre Augustin, pfff !... »

*

* *

Il a eu tôt fait de la rattraper. Elle ne s'est pas arrêtée, pas plus qu'elle n'a eu l'air surpris de le voir. Augustin a même eu la sensation qu'elle s'attendait à ce qu'il la rejoigne. Il s'est mis à marcher à côté d'elle. Il avançait dans une espèce de brouillard heureux, s'arrangeant pour lui laisser toujours la partie du chemin la moins encombrée de cailloux ou d'ornières glacées. Sans pouvoir se l'expliquer, il avait la certitude qu'elle n'avait pas envie que soit rompu le silence dans lequel tous deux avançaient de concert. Il n'osait pas la regarder, se contentant du bruit léger de sa respiration qui s'accélérait un peu quand la pente s'accentuait. En dessous d'eux, le torrent avait disparu, avalé par la glace.

Ils sont arrivés à l'orée de la forêt. Un chemin s'est ouvert sur leur gauche, qui partait à l'horizontale. La neige qui le recouvrait n'avait pas été foulée et déroulait un tapis d'un blanc bleuté qui s'enfonçait entre les arbres. Gaïa s'est arrêtée. Elle a constaté sur un ton qui laissait percer quelque regret :

« Ce chemin, je l'ai déjà vu mais je ne l'ai jamais pris. »

Augustin a proposé :

« Si vous voulez, on peut y aller.

– Oh oui ! J'aimerais bien mais, il est peut-être difficile ? Augustin a ri :

– Non ! non ! C'est tout plat !

– Ah ! tu le connais bien alors ?

– Je les connais tous ! »

Gaïa a souri discrètement : le garçon avait pris tout à coup un ton de propriétaire sûr de lui.

La jeune fille s'est engagée sur le chemin et Augustin a suivi. Il l'a laissé faire la trace avec le sentiment que cette sorte d'exploration aventureuse devait plaire à Gaïa. Lui, derrière, s'escrimait à marcher dans ses pas, s'amusant des petites enjambées qui le contraignaient à des contorsions un peu ridicules. Ils ont parcouru ainsi quatre ou cinq cents mètres dans un silence ouaté, seulement rompu par le bruit étouffé de leurs pas écrasant la neige.

Brusquement, un léger cri irrité est descendu d'un épicéa qui dressait sa pyramide sombre au bord du chemin. Gaïa a poussé un petit « Oh ! » de surprise effrayée. Elle a suspendu sa marche et Augustin s'est approché d'elle. Il s'est penché près de son oreille pour chuchoter :

« Ne bougez pas ! Ne dites rien ! »

L'index tendu, il montrait quelque chose que lui seul voyait dans les branches au-dessus d'eux. Gaïa regardait de toutes ses forces et sa bouche demandait, très bas :

« Qu'est-ce qu'il y a ? Qu'est-ce que c'est ? »

Enfin elle a souri, un vrai sourire de triomphe, qui découvrait les dents. Elle a murmuré, très bas, et sa voix avait pris des accents de petite fille :

« Oui ! Ça y est ! Je le vois ! Comme il est beau ! »

L'écureuil, au-dessus d'eux, a poussé un nouveau cri avant de se lancer à toute allure dans l'escalade du tronc. Très vite, caché par les branches, il a disparu en faisant voleter en dessous quelques fragments de lichens verdâtres qui ont atterri sur la neige. Augustin a ramassé, au pied de l'arbre, les écailles d'un cône que l'animal avait détachées et rongées comme des feuilles d'artichaut. Il les a montrées à Gaïa :

« Il était pas content et y nous l'a dit hein ! On l'a dérangé pendant son goûter ! »

Il a mis les écailles dans le creux de la main de Gaïa. Pendant qu'elle les examinait, il a scruté le sol puis a appelé :

« Gaïa ! Vous voyez ? Il est arrivé par là ! »

Il montrait, sur le sol, les traces légères que l'animal avait imprimées dans la neige. Gaïa regardait et Augustin était certain que jamais encore il ne lui avait vu ni ce visage ni ce regard. Brusquement, elle s'est approchée de lui et lui a posé un baiser sur la joue. Les yeux brillants elle a dit :

« Merci Augustin ! »

Pendant qu'il restait planté là, tout interdit, elle a pris le chemin du retour. Elle était à cinquante mètres déjà quand il s'est enfin décidé à la suivre. Ils sont rentrés. Gaïa était retombée dans son mutisme. Grand'Pa était toujours dans la cour. Gaïa ne s'est pas arrêtée. Elle a simplement dit :

« Au revoir Grand'Pa ! Au revoir Augustin ! »

Seul Grand'Pa a répondu :

« Au revoir mademoiselle ! »

*

* *

Avec Grand'Pa, ils ont fini le sciage. Plusieurs fois, le vieil homme a dû hausser le ton parce que le garçon tirait ou poussait la scie à contretemps :

« Dis donc Augustin, t'es pas à c'que tu fais hein ? Allez ! Redescends sur terre mon gars ! »

Augustin est revenu chez lui à la nuit. Il a dit bonsoir à Miette, distraitement, et ils ont avalé leur bol de soupe et un morceau de fromage. Miette surveillait son fils discrètement. Elle a remarqué :

« Qu'est-ce qu'y a ? Ça a pas marché ?

– Ben... y a rien, pourquoi veux-tu ?

– J'sais pas. T'es bizarre. Vous vous êtes disputés avec Grand'Pa ?

– Non... non... J'te dis qu'y a rien. »

Le regard d'Augustin fuyait celui de Miette qui a débarrassé la table. Elle a posé deux gros fers à repasser sur le poêle pour les mettre à chauffer :

« J'ai un peu de repassage à faire. J'ai pas eu le temps avant. J'étais chez Mme Duteil. »

Elle a eu un éclair dans l'œil :

« Tiens, ça me fait penser que Gaïa est revenue ! »

Miette a remarqué le tressaillement léger que sa remarque avait provoqué chez Augustin. Lui a marmonné :

« J'le savais… On l'a vue tout à l'heure, Grand'Pa et moi.

– Ah ! alors ? T'es content ? »

Augustin n'a pas répondu. Il a fui le regard de Miette et dit :

« J'vais lire un peu. »

Après avoir remercié Miette, il a ouvert au hasard le livre qu'elle lui avait apporté et a paru s'abîmer dans la contemplation de la page. Elle lui jetait de fréquents coups d'œil tout en poussant l'un ou l'autre des fers sur la pattemouille. Des chuintements accompagnaient les petits nuages de vapeur qui enveloppaient l'ampoule au-dessus de la table.

Un quart d'heure s'est écoulé. Brusquement, Augustin a refermé le livre dont il n'avait pas tourné une seule page. Il a annoncé :

« J'suis fatigué ! J'vais me coucher. Bonsoir m'man ! »

Miette l'a suivi des yeux. Elle hochait la tête et l'inquiétude était dans son regard.

Augustin s'est déshabillé lentement. Il s'est couché sur le dos. Sa main a tâtonné et trouvé, dans le bois du lit, vers le sommier, une petite tige de bois très dur qui y était dissimulée. Il s'est mis à la faire rouler, machinalement, entre son pouce et son index. Ses yeux regardaient l'obscurité, au-dessus de lui, y cherchant la couleur de ces flammes qu'il avait vues sur les épaules de Gaïa, au milieu de l'après-midi. Et il s'efforçait de retrouver le parfum discret qui enveloppait la jeune fille quand il s'était penché vers elle pour lui demander de ne pas effrayer l'écureuil qu'elle ne savait pas voir. Timidement, il a touché du doigt, sur sa joue, l'endroit où il avait senti la fraîcheur de sa bouche.

XIII

Le « monde » du livre

PENDANT QUE SA MAIN GAUCHE maintenait fermement le piquet à la verticale, sa main droite, armée d'une hachette bien affûtée, frappait et chaque coup précis, décoché en biseau, faisait voler un copeau de bois à l'extrémité du piquet qu'il était en train de tailler en pointe. P'titPa travaillait calmement. Grand'Pa et lui avaient décidé de refaire les clôtures du champ qui s'étendait devant la ferme.

Grand'Pa est sorti de la cuisine. Il avait à la main une bouteille de vin entamée et un verre. Il a jeté un coup d'œil interrogateur en direction du chemin qui côtoyait le torrent et son observation lui a amené une moue dubitative. En grommelant, il s'est assis sur « le banc ». C'est ainsi qu'on désignait une grosse pierre allongée contre le mur, sous la fenêtre. Elle était là probablement depuis que la ferme avait été construite, c'est-à-dire en 1823, comme en faisait foi l'inscription grossièrement gravée au burin et au marteau dans le bloc de granit qui servait de linteau à la porte de la cuisine.

Cette pierre avait toujours dû servir de banc, polie qu'elle était par les frottements de générations de postérieurs. C'est là qu'on était le mieux, le dos appuyé au mur qui grattait un peu, le regard tourné vers le sud où se devinait le col Bayard. On s'y sentait à l'abri de la bise quand, surgissant du défilé du Drac entre Corps et *Beaufin*[1], elle soufflait fort dans les jours qui suivaient les grosses pluies ou les chutes de neige. Elle venait se cogner à la façade aveugle qui faisait face au nord. Dépitée, elle contournait la ferme, s'éraflant aux deux pignons contre lesquels croissaient des pruniers *mirabalan*[2] qui attiraient les merles.

Sur la gauche on avait tout loisir de se reposer les yeux sur quelques sommets de l'Oisans tout proche, Le Grun, l'Olan ou la cime du Vallon et sur la droite, on surveillait une bonne partie des prés et des champs de la ferme bordés, tout au fond, par le bois de pins qui précédait les pentes de la montagne de Féraud.

---

1. Beaufin *: comme son nom ne le laisse que deviner signifierait joli fayard, nom dû sans doute aux belles futaies de hêtres qu'on peut encore y admirer aujourd'hui. (Belfays)*

2. Mirabalan *: variété d'un prunier sauvage courant dans les Hautes Alpes.*

P'titPa a appuyé contre le mur le piquet qu'il venait de terminer, l'ajoutant à ceux qui avaient été préparés tout au long de la journée. Il s'est approché de Grand'Pa près duquel il s'est assis. Il a constaté :

« Ma foi ! Y en aura presque assez ! »

Grand'Pa n'a pas répondu. Il a tendu le verre vide à son fils et l'a rempli aux trois quarts du vin qu'il était allé chercher. P'titPa a dit sobrement :

« Santé ! »

Il a bu posément, marquant de petites pauses toutes les deux ou trois goulées. Avec cette politesse sans apprêt qui est celle des gens de la terre, il a secoué le verre vide pour en faire tomber les dernières gouttes dans la poussière avant de rendre le verre à Grand'Pa. Celui-ci s'est versé un peu de vin et a posé la bouteille entre ses jambes. Lui aussi a dit :

« Santé ! »

Il a bu, cul sec, puis, tournant machinalement le verre vide entre ses mains, il a suivi les gestes de P'titPa qui sortait sa blague à tabac, roulait une cigarette et l'allumait au briquet de cuivre. Il a remarqué, en désignant le briquet du menton :

« Pas de doute hein ? C'était du solide ! »

Sans s'offusquer, son fils a souri de l'allusion et, de l'index, a tapoté sa cicatrice :

« Ouais ! T'as qu'à voir ! »

Ils sont restés silencieux quelques secondes. Vers le bois, un chevreuil a rait, un aboi court et rauque de jeune chien. P'titPa a demandé :

« Tu crois qu'c'est eux ?

– Non, non... Y vont toujours de l'autre côté, le long du torrent. »

Ils se sont tus mais leurs pensées étaient les mêmes. Sans les citer, ils imaginaient Augustin et la fille, cette Gaïa, dont ils ne savaient trop que penser, ni l'un ni l'autre.

*

* *

Depuis que Gaïa était revenue, il ne s'écoulait pas trois jours de suite sans qu'Augustin ne s'échappe au début de l'après-midi. S'il était occupé, seul, on découvrait soudain qu'il était parti, sans prévenir, et s'il était avec Grand'Pa ou son fils, il les plantait là sur un :

« J'vais faire un p'tit tour ! »

Il disait ces mots sans hargne ou dissimulation et aucun des deux hommes ne réussissait à le retenir. Ils en avaient pris leur parti, las des récriminations qu'au début ils lui adressaient en ne s'attirant qu'un vague :

« J'en ai pas pour longtemps ! »

Et, à la question identique que chacun lui avait posée les premières fois :

« Et où tu vas d'abord ? »

ils avaient obtenu la même réponse évasive :

« Ben, j'sais pas... par là... »

Le visage du garçon se tournait vers une hypothétique destination qu'il ne précisait jamais et que P'titPa et son père avaient eue tôt fait de découvrir.

Par un accord tacite qui les avait réunis sans concertation, aucun des deux n'avait jamais dit quoi que ce soit qui pût laisser supposer à Augustin qu'ils savaient où lui allait et avec qui. P'titPa se gourmandait en silence de laisser ainsi la bride sur le cou au garçon de Miette, surtout avec la demande qu'il s'apprêtait à faire, et Grand'Pa souriait à part lui en se disant qu'il fallait bien que jeunesse se passe. Quelque part, il était fier d'Augustin qui courait après la plus jolie fille du pays et, comme celle-ci paraissait trouver l'affaire à son goût, on pouvait bien passer l'éponge.

*

* *

C'est quand la tentation devenait trop forte qu'Augustin, tout à coup, prenait sa décision et plantait tout sur place. Lui-même ne comprenait pas, tout en tentant maladroitement de s'expliquer ce qu'il était devenu. Il y pensait, le soir, quand il était couché, la main droite sous la tête et le pouce et l'index de sa main gauche roulant machinalement le petit cylindre de bois qui avait appartenu à son père.

Le plus souvent, il se refusait à cette introspection presque douloureuse, qui le mettait mal à l'aise et le poussait, contre son gré, à se faire des reproches sur son attitude vis-à-vis de Grand'Pa ou de son fils. Il se consolait en tentant de se persuader, non sans quelque raison, que les efforts qu'il faisait pour travailler plus vite valaient bien les deux heures qu'il avait passées en compagnie de Gaïa.

*

* *

La première fois, il l'avait rejointe après l'avoir vue de loin qui se dirigeait, comme à son habitude, vers le chemin du torrent. C'était deux ou trois jours après « le jour de l'écureuil » comme il l'avait secrètement dénommé pour lui-même. Il l'avait rattrapée quelques centaines de mètres avant la lisière de la forêt. Elle n'avait pas interrompu sa marche, se contentant d'un sobre :

« Bonjour Augustin !

Il avait bredouillé :

– Bonjour Gaïa ! »

Il était bizarrement satisfait qu'elle n'ait manifesté ni joie ni contrariété apparentes de le voir là, tout à coup, alors qu'elle ne l'avait pas invité. Il avait marché à côté d'elle. De façon naturelle, il s'était mis à commenter ce que la neige leur révélait d'allées et venues des bêtes qui, peut-être, les regardaient passer, tapies dans un buisson ou derrière un bouquet d'arbustes.

Gaïa n'avait fait aucun commentaire mais, de la lueur qu'il avait vu s'allumer dans ses yeux sombres ou la tension de son visage légèrement rosi par le froid, Augustin avait tiré la certitude qu'elle l'écoutait tout en prenant intérêt à ce qu'il lui expliquait. Ils avaient marché ainsi, presque deux heures, et leurs pas les avaient ramenés près de la ferme. Elle avait dit :

« Au revoir Augustin ! »

Et lui :

« Au revoir Gaïa ! »

Il avait saisi une fourche et rejoint P'titPa qui travaillait dans la grange et l'avait accueilli d'un ton rogue :

« Ah ! te voilà enfin ! Ben dis donc, c'est pas trop tôt ! »

Il avait baissé le nez et, pourtant, P'titPa lui avait paru plus dubitatif qu'en colère.

*

*   *

Il avait recommencé, plus ou moins régulièrement, laissant s'écouler deux à trois jours selon que le manque qu'il avait d'elle était plus ou moins fort. Lui, plutôt taciturne d'habitude, parlait un peu, des bêtes, des arbres, des montagnes qui étaient autour, enfin de tout ce qui était son Panthéon personnel. Il ressentait comme une sorte de miracle que Gaïa l'écoute. Elle ne l'interrogeait pas ; un regard, ou son visage tourné vers lui et sur lequel il croyait lire une invite à continuer, lui donnait à penser qu'elle trouvait de l'intérêt à ce qu'il lui disait.

*

* *

Après coup, il n'aurait pas su dire quand Gaïa avait commencé à parler à son tour. Peut-être était-ce quand il avait fait une allusion détournée au livre qu'elle lui avait donné. Alors qu'ils se connaissaient depuis plus de trois mois, jamais encore ce sujet n'avait été abordé entre eux. Augustin en brûlait d'envie mais n'osait pas. Il avait peur d'avoir mal compris ce qu'il avait lu. Demander une explication pouvait donner à penser, et peut-être émousser, voir détruire, l'image que Gaïa devait avoir de lui. Envisager qu'elle pût se moquer lui était insupportable.

Oui, après réflexion, il en était presque sûr, elle avait dû commencer à parler quand il avait voulu savoir ce qui se cachait derrière cet adjectif dont il aimait la sonorité courte et comme minérale, et qui lui semblait parfaitement correspondre à l'image qu'il s'était forgée de cette créature qui intervenait si souvent dans le récit, mystérieuse et presque toute-puissante, « Athéna la déesse aux yeux pers ».

Un jour, il avait osé et demandé ce que pouvaient être des yeux pers. Gaïa n'avait pas répondu tout de suite. Elle s'était arrêtée et avait regardé Augustin. Elle avait ce demi-sourire dont il ne savait jamais ce qu'il montrait ou ce qu'il cachait. Surtout, il y avait son regard. Augustin se taisait, intimidé. Doucement, elle avait demandé :

« Toi, Augustin, tu les imagines comment les yeux d'Athéna ? »

Il était resté silencieux. Il n'y avait pas de réponse, ou plutôt si, il y en avait une, trop évidente, qu'il devait porter bien cachée, et qu'il n'avait jamais formulée, même pour lui. Gaïa n'avait rien ajouté. Elle avait repris sa marche. Ce devait être ce jour-là, qu'un peu plus tard, elle avait commencé à parler.

*

* *

Petit à petit, au fil de leurs escapades, il avait découvert que le monde de *L'Odyssée* occupait l'esprit de Gaïa bien plus que celui dans lequel ils vivaient chaque jour. Ce livre, il avait acquis la certitude qu'elle devait le connaître par cœur. En tout cas, la façon dont elle évoquait les évènements extraordinaires qu'on découvrait dans l'histoire d'Ulysse, et la vision qu'elle en avait, donnaient un relief complètement nouveau à ce que lui avait cru comprendre. La nature déjà n'était pas innocente. C'était un aspect auquel Augustin était extrêmement sensible même si, là-bas, c'était la mer surtout, qu'Augustin n'avait jamais vue et dont il lui était moins évident de tolérer qu'elle soit parfois impitoyable, alors qu'il acceptait la dureté de la montagne qui avait toujours été son domaine.

Dans la bouche de Gaïa, les personnages devenaient sa propre famille ; ils prenaient vie, aimaient, souffraient. Ils mouraient aussi. Ils étaient différents et pourtant si proches de ceux qui peuplaient les contes qui avaient enchanté les soirées d'Augustin jusque-là. Et, là-bas comme ici, il y avait ces forces occultes, incontrôlables, dont on ne savait jamais si elles accepteraient de vous aider ou vous pousseraient à l'abîme.

C'est ce qui fascinait Augustin, et l'effrayait à la fois : Gaïa faisait plus que raconter. Parfois elle s'exaltait au point qu'il la voyait s'en aller au-delà de la simple narration et entrer dans ce monde lointain. Elle s'envolait bien plus loin que lui qui, jusque-là, se contentait de plonger dans le fantastique, le soir, sous la lampe, quand les tracas et les fatigues de la journée étaient avalés par le silence de la nuit. Là, son imagination pouvait galoper en liberté : les fées peuplaient les montagnes, les diables faisaient gronder les avalanches, barraient les torrents, les sorciers coupaient les ponts sous les pas des montagnards qui n'en pouvaient mais. Augustin se prenait, sans peine, à espérer voir s'illuminer de flammes rouges et bleues la *Fontaine ardente*[1], comme il irait un jour fouler ce

---

1. Fontaine ardente *: une des sept merveilles du Dauphiné, sous les falaises du Vercors qui surplombent la vallée du Drac.*

glacier[1] qui se cachait au fond du Valgaudemar, et gardait le corps maudit de Ponce Pilate, ainsi puni d'avoir, en s'en lavant les mains, abandonné Jésus à la mort.

La fontaine brûlait ; on pouvait chevaucher le glacier en s'effrayant devant les crevasses insondables qui, jamais, ne rendraient le corps du damné. On devait éviter à tout prix de traverser certains torrents, la nuit.

Toutes ces histoires, lues dans son ancien livre, avaient un fond de vérité et il parvenait à les croire. Mais pour Gaïa, c'était autre chose. Augustin avait de plus en plus de mal à se refuser de la suivre dans sa vision des choses au point que, parfois, il se demandait si elle ne faisait pas partie de l'histoire, et même, il lui arrivait de le souhaiter.

---

1. Glacier *: il s'agit du glacier de la Pilatte, au pied du sommet des Bans, en Oisans. Ce glacier est ainsi dénommé, dit-on, parce qu'étant la tombe maudite de Ponce Pilate. Celui-ci, après bien des péripéties, avait été enterré au mont Pilat, dans la Loire, puis jeté dans le Rhône, à Vienne. Partout, il avait été rejeté par les habitants qui lui reprochaient d'attirer des calamités ! On l'avait donc transféré dans les Alpes.*

XIV

Les confidences de Miette

AUGUSTIN RÉFLÉCHISSAIT. Il n'arrivait pas à trouver le sommeil et ces insomnies duraient depuis quelques jours. Ainsi, ce qu'il avait pressenti après le retour de la messe de minuit se trouvait être la réalité. Avec le recul, il n'arrivait pas à décider si la nouvelle le rendait malheureux ou si, au contraire, il se sentait soulagé. Il devait y avoir un mélange subtil des deux sentiments. Peut-être même y trouvait-il un certain contentement : sa mère allait se remarier. Il tournait et retournait ce mot dans sa tête : remarier... Ce qui, chez les autres, allait de soi prenait tout à coup des allures difficiles parce que, dans ce remariage, lui était directement touché. Miette, sa mère, allait se remarier...

Donc, elle avait déjà été mariée. Bien sûr qu'elle l'avait été puisque lui, Augustin, était là et qu'il y avait la photo, sur le buffet. Mais, ç'avait dû être dans une autre vie en quelque sorte. Aussi loin qu'il remontait dans sa mémoire, il n'y avait toujours eu que Miette et lui dans la maison, avec leur vie souvent difficile, et heureuse quand même, le travail, le dimanche avec « ses bêtes », et leurs livres. C'est vrai, il y avait Grand'Pa aussi et P'titPa, mais ils étaient un peu à côté, en quelque sorte. Alors que bientôt, P'titPa...

*

*   *

Quelques jours plus tôt, sa mère et lui soupaient, comme tous les soirs. Miette, pourtant, avait un comportement inhabituel. Elle mangeait distraitement deux ou trois cuillerées avant de lever les yeux de son bol pour regarder Augustin. Puis, son attention semblait se reporter sur sa soupe mais, on sentait que le cœur n'y était pas. Le garçon avait cru déceler une certaine tension dans la voix de sa mère quand elle avait posé sa cuillère et avoué :

« Bon. Décidément, j'ai pas faim. Pis, y a des choses... Faut que je te dise... »

Augustin s'était arrêté de manger. Sa mère avait jeté un regard rapide vers le buffet, là où était la photo, et ce regard n'avait pas échappé au garçon. Les yeux de Miette étaient revenus sur son fils, qui y avait lu de la tendresse, et de l'inquiétude aussi. Elle s'était hasardée :

« Dis, Augustin... P'titPa, qu'est-ce t'en penses ? »

Il n'avait pas su quoi répondre tant la question était inattendue. Il n'avait su que répéter :

« P'titPa ?... Ben... »

Il regardait sa mère. Elle était tendue, il le sentait. Il aurait voulu l'aider mais il ne savait pas comment. Elle s'était enquise, et c'était une constatation bien plus qu'une question :

« Vous vous entendez bien tous les deux non ?

– Ben, oui... Enfin, presque tout le temps quoi !

– Tu sais, y t'aimes bien...

– Oui, oui... Y m'semble. »

Miette avait marqué un long silence. Les pensées devaient se bousculer dans sa tête et on pouvait presque lire leur combat sur sa figure. Ses lèvres tremblaient un peu. Augustin n'avait pu résister ; il avait interrogé sa mère alors que la réponse lui était déjà connue avant qu'elle n'ouvre la bouche :

« Pourquoi qu'tu me demandes ça ? Qu'est-ce qu'il a P'titPa ? »

Miette avait soupiré, comme soulagée. Elle avait dit :

« Il est venu, tout à l'heure. Tu te doutes pas ? Y m'a demandé quelque chose. Enfin... y m'a demandé si j'voulais... si on pourrait s'marier. Voilà ! Y m'a demandé si on pourrait se marier, lui et moi ! »

Elle avait répété deux fois ces mots si difficiles, paraissant heureuse d'avoir enfin réussi à les prononcer, les transformant ainsi en mots tout simples et tout à fait ordinaires.

« Alors ? Qu'est-ce que tu en dis ? »

C'était à Augustin maintenant de se sentir impuissant :

« Moi ? Qu'est-ce que tu veux que j'en dise ? C'est toi... J'sais pas moi... C'est toi qui...

– Bien sûr, c'est moi, mais... t'es mon garçon... donc, t'as ton mot à dire ! »

Ils s'étaient regardés, chacun souriant à l'autre, un peu comme pour l'encourager, soucieux malgré tout de ne pas bousculer trop fort un ordre des choses qui, pourtant, était irrémédiablement changé depuis quelques secondes. C'est Miette qui avait conclu :

« Bon ! Ça presse pas hein ? Tu pourras y penser. Tu me diras... »

Elle avait retrouvé son visage détendu, celui de tous les jours, ce visage plus jeune qui avait étonné Augustin les premières fois où il l'avait découvert, au fil des dernières semaines. Et, sans transition, elle s'était lancée dans des précisions qui, paradoxalement, démontraient que la décision était déjà prise sans qu'elle s'en doutât. Le mariage pourrait avoir lieu en mai ; « oh ! sans chichis hein ? Juste nous ! » Elle avait dit « nous ! » et ce « nous » avait sonné un peu bizarrement à leurs oreilles à tous les deux. C'était un « nous » qui, en quelques minutes, s'était multiplié par deux à la suite du miracle de cet aveu que Miette avait enfin osé faire.

Elle avait continué, comme libérée... On verrait peut-être à inviter Mme Duteil, et Gaïa bien sûr, mais pas plus. Après, on ne resterait probablement pas au hameau. Ici, c'était trop loin du travail de P'titPa... « et pis, du tien aussi ! Tu sais ce qu'il a dit P'titPa ? Qu'il était sûr qu'au barrage y t'prendront ! Tu te rends compte ? Y dit qu'avec l'électricité, y aura du travail : le barrage, les lignes à installer, les poteaux, les fils, tout ça ! À propos, on va sûrement déménager à Corps. Ça te plairait d'habiter à Corps ?... »

*

* *

Quand il se remémorait cette soirée et ce qui avait été dit, Augustin ressentait une angoisse qu'il s'efforçait vainement de chasser. Elle lui était venue après coup, insidieusement, quand il avait pris conscience que Miette et lui allaient quitter le hameau. Habiter à Corps offrait des perspectives qu'il aurait pu envisager avec plaisir. Mais c'était avant. Maintenant, il y avait Gaïa. Sans arrêt, ses pensées venaient buter contre ce mur qu'il jugeait infranchissable et qui allait dévier la trajectoire de sa vie. Lui, allait habiter à Corps et elle, ici au hameau. C'était tellement loin, six ou sept kilomètres au moins. À ce point de ces réflexions, l'esprit d'Augustin s'obscurcissait, luttant, impuissant, parce que le cours aveugle des choses allait se dérouler, contre lequel il ne pourrait rien.

Il n'arrivait même pas à en vouloir à Miette. L'idée que tout ça était la faute de P'titPa l'avait effleuré aussi. Mais il avait suffi d'un ou deux jours passés à côtoyer Grand'Pa et son fils pour que ce soupçon disparaisse. Augustin n'avait pas pu ignorer le regard quelque peu différent que les deux hommes portaient sur lui maintenant, sans compter les petites attentions qui s'étaient ajoutées à celles dont ils le gratifiaient déjà avant.

Les choses s'étaient déroulées sans heurt. Le lendemain de sa demande, P'titPa avait interrogé le garçon avec un air de chien battu :

« Alors, Augustin, ta mère, elle t'a dit ? »

Augustin avait répondu gauchement :

« Oui… oui… Paraît que tu veux te marier… »

P'titPa avait souri, un peu :

« Ben oui ! Alors ? Toi ?

– Oh moi… moi… Si ma mère elle veut, ben… c'est pour elle hein ? »

La brèche s'était élargie sur la joue de P'titPa :

« T'es un sacré bon garçon tu sais Augustin ? Ça oui ! Et, même si j't'engueule de temps à autre. On s'ra bien, tu verras ! »

Il n'avait pas précisé ce qu'on verrait et, depuis, le sujet du mariage était tabou. Grand'Pa et son fils n'en parlaient jamais, en tout cas quand Augustin était là.

XV

Le « jour du chamois »

Avec l'alternance du soleil et de la nuit glaciale, la neige sur le chemin du torrent s'était tassée. Il n'en restait plus qu'une mince couche d'une vingtaine de centimètres, d'une consistance de gros sel, zébrée de balafres d'une terre grisâtre et d'où se dégageaient, peu à peu, les feuilles mortes que les différentes chutes de neige avaient emprisonnées. Quand, vers 3 heures de l'après-midi, le soleil se cachait derrière la falaise, il ne fallait pas longtemps avant que la couche sale ne redevienne dure comme la pierre, et sur laquelle les semelles mordaient avec un bruit d'écrasement dont l'écho s'assourdissait sous la futaie entre les troncs gris et noirs des arbres immobiles.

Augustin marchait devant. Il n'avait pas l'esprit tranquille. C'était la première fois qu'ils allaient aussi loin et aussi haut. La montée était dure. De temps à autre, Gaïa s'arrêtait pour souffler. Augustin, n'entendant plus ses pas crisser sur la neige, s'arrêtait à son tour et se retournait. Gaïa ne se plaignait pas. Elle ne le regardait pas ou, plutôt, elle semblait ne pas le voir. Ses yeux étaient tournés vers le haut, cherchant sans doute à deviner, derrière Augustin, quel lacet serré ou quelle rampe pentue il faudrait encore franchir. Des cernes bleus creusaient ses orbites et, alors qu'on aurait pu s'attendre à ce que son regard trahisse le découragement, on pouvait au contraire y lire une détermination encore plus grande. Bientôt, elle repartait sans dire un mot, et Augustin avec elle.

Au début de la montée, il avait été quelque peu surpris. Il savait, par expérience, qu'avec Gaïa on côtoyait toujours l'inattendu. Il aimait cette fantaisie et s'y pliait volontiers. Il n'avait jamais eu le sentiment d'être le jouet de la volonté de la jeune fille. D'ailleurs, elle ne lui imposait jamais rien, pas plus qu'elle ne lui demandait son avis. Elle allait où semblait la pousser quelque chose qui était au-delà du simple caprice, attirée par le but qu'elle s'était fixé et dont rien ne semblait pouvoir la détourner.

Ils avaient quitté le voisinage du torrent depuis un long moment déjà. Augustin connaissait bien ce chemin. Personne ne l'utilisait à part un alpagiste, toujours le même qui y faisait passer un petit troupeau de vaches. Quelques bûcherons et aussi, mais personne ne le disait ouvertement, un ou deux braconniers passaient par là. L'itinéraire conduisait à l'alpage des

Queyrières dont la conque s'ouvrait, bien plus haut, après la forêt. Mais il fallait d'abord traverser le torrent.

Gaïa s'est arrêtée une nouvelle fois. Elle respirait très fort, en baissant la tête. Ses épaules se soulevaient, faisant rouler doucement quelques boucles qui dépassaient sous son bonnet. Elle semblait épuisée. Pour la première fois depuis qu'il la connaissait, Augustin a eu la sensation qu'il lui fallait intervenir. Il est redescendu de quelques pas et s'est approché d'elle. D'une voix altérée il a dit :

« J'crois qu'y serait plus raisonnable qu'on retourne... »

Gaïa a secoué la tête en signe de dénégation. Elle a passé sa main gantée de laine sur son front pour en essuyer la sueur. Quelques très fines gouttes perlaient sur les ailes du nez pincées par la fatigue et son teint avait pris une transparence qui a rappelé à Augustin ce qu'en avait dit P'titPa quand, à l'automne, il avait amené Gaïa et sa mère :

« ... elle a une figure que si tu grattais avec l'ongle elle risquerait de saigner ! Sûr qu'elle doit avoir la peau tendre ! »

Augustin a ressenti ce trouble qu'elle lui inspirait les rares fois où la situation paraissait la rendre vulnérable. Il aurait presque voulu la porter. Quand il a lu que la volonté n'avait pas quitté les yeux de Gaïa, il a concédé :

« Bon ! On va jusqu'au torrent. C'est plus très loin. De toute façon, on pourra sans doute pas traverser. »

Gaïa a eu un mince sourire d'acquiescement et il a cru lire une amorce de gratitude dans son regard dont l'eau était un peu moins sombre. Ils sont repartis et il s'est efforcé de marcher plus lentement, jetant de fréquents coups d'œil en arrière pour s'assurer qu'elle suivait.

Enfin, ils ont atteint un replat et Augustin s'est senti soulagé. Le torrent était là, qu'ils ont rejoint à une centaine de mètres. En fait c'était devenu un monstrueux serpent blanchâtre immobile, hérissé de crêtes aiguës, sous lesquelles se contorsionnaient les moutonnements des énormes blocs que la glace avait emprisonnés. Le courant s'écoulait en dessous, dont on devinait à peine quelques glouglous. Par place, la glace montrait des transparences sous lesquelles fluaient des écoulements silencieux entraînant des bulles qui s'étiraient et se déformaient en yeux grotesques avant d'être aspirés sous la carapace gelée dissimulant des mystères d'eau noire.

Gaïa, fascinée, regardait. Le rythme de sa respiration s'est calmé peu à peu. Elle n'a pas eu la tentation d'aller plus loin. À cet endroit le torrent surgissait d'une gorge encombrée de gros rochers. Puis, il plongeait brusquement dans la pente. Le chemin avait été tracé sur les quelques mètres qui constituaient un balcon naturel entre les deux parois du ravin. En hiver, la glace encombrait le passage qui ne devenait à peu près praticable qu'en période de basses eaux au début de l'été ; il fallait alors « guéer » en sautant de bloc en bloc. De l'autre côté, le chemin reprenait et se devinait malgré la neige. Il continuait, en lacets courts et raides, pour atteindre enfin l'alpage au-dessus, très en pente, et qui s'élevait jusqu'au pied de la falaise dont le mur gris, gigantesque, se dressait dérobant le ciel au regard.

Gaïa frissonnait. Elle a demandé :

« Le pertuis ? Où est le pertuis ? »

Augustin, alors, a su quelle quête avait attiré la jeune fille jusque-là. Il a tâché d'atténuer la déception qu'allait provoquer sa réponse :

« D'ici, j'crois pas qu'on puisse le voir...

– Tu ne crois pas ou tu en es sûr ?

– Non... non... J'suis pas sûr... J'crois qu'on est trop près du rocher mais j'en suis pas sûr... »

Gaïa s'est obstinée. Cependant que ses lèvres prononçaient des paroles silencieuses, ses yeux fouillaient le sommet de la montagne, le long duquel se succédaient des dents acérées, des décrochements vertigineux, des crénelures imprenables. Dans un silence oppressant, la muraille grise qui mordait le ciel vide refusait de livrer son secret.

Soudain, un chuintement a paru descendre du flanc du ravin, plus haut. Augustin a levé la tête. Tout excité, il a dit :

« Là ! Là ! »

Gaïa a regardé l'endroit que le garçon désignait.

« Vous le voyez ? Vous le voyez ?

– Non ! Non ! C'est quoi ?

– Un chamois ! C'est un chamois ! »

La bête était au-dessus d'eux comme accrochée dans la pente très raide qui surplombait le torrent d'une centaine de mètres. Elle regardait les deux intrus, sa fine tête tournée vers l'aval et prolongeant son dos solide sur lequel se hérissait la large bande de poils longs et noirs de sa fourrure d'hiver. Elle a émis un chuintement encore et gratté la neige du sabot pour marquer sa colère. Puis, elle a commencé de gravir la pente en bonds souples qui, sans effort, la projetaient presque à la verticale. Elle a marqué une pause, a chuinté encore...

Le coup de feu a fait voler en éclats le silence. La bête, un instant, est restée suspendue en l'air avant de s'affaisser sur les genoux, comme à regret. Sa tête a basculé vers l'aval, puis son corps ; elle a commencé à glisser, très lentement, puis de plus en plus vite. Bientôt, elle a roulé dans un tourbillon de tête et de pattes désarticulées au sein d'un fin nuage de neige pulvérisée. Derrière le corps qui rebondissait, le bruit d'une petite avalanche de cailloux a strié le silence du ravin. Tout a cavalcadé lugubrement avant de disparaître derrière un énorme rocher qui, plus haut, encombrait le lit du torrent.

Gaïa est restée pétrifiée. Elle n'avait pas compris ce qui se passait. Augustin lui a saisi le bras. Il l'a secouée gentiment et lui a soufflé à l'oreille :

« Vite ! Vite ! Faut pas rester là ! Faut s'en aller ! Vite ! »

Elle secouait la tête :

« Pourquoi ? Mais pourquoi ?

– C'est un braconnier ! Vaut mieux partir avant qu'y nous voie ! »

Il l'a poussée sur le chemin. Ses jambes paraissaient ne pouvoir la porter. En titubant elle a commencé à descendre. Elle trébuchait comme un somnambule. Dans son regard il n'y avait pas de peur mais une incompréhension totale.

Ils ont descendu ainsi quelques lacets avant qu'Augustin ne s'arrête. Il a prêté l'oreille et a soufflé :

« Il descend derrière nous. Il est pas très loin. Sûr qu'y va nous rattraper ! »

Il a poussé Gaïa gentiment mais fermement dans la futaie, au-dessus du chemin, vers un amas de gros blocs dans lequel ils se sont dissimulés.

Ils ont attendu. Ils se regardaient. Gaïa tremblait ; inconsciemment, Augustin serrait sa main qu'elle lui avait abandonnée. Il lui a souri :

« Faut pas avoir peur... Y pourra pas nous voir ! »

Elle a répondu, très bas, et sa voix était tendue :
« Je n'ai pas peur ! »

Des crissements de pas sur la neige ont annoncé l'approche de quelqu'un sur le chemin. Une silhouette difforme est apparue, vêtue de sombre. L'homme marchait lourdement, ses bras levés soutenant, sur son dos, une charge indistincte au-dessus de laquelle pointait le canon d'un fusil. Son regard était fixé au sol devant lui pour évaluer les obstacles. Quand il a eu le dos tourné, ils ont pu voir qu'il portait le chamois mort en travers de ses épaules. La tête de la bête dodelinait, maculant de sang la veste du chasseur. Augustin a constaté tout bas :

« C'est Couderc ! Ah ! J'savais bien qu'y braconnait ! »

Dans les yeux de Gaïa, il a pu lire quelque chose qui l'a effrayé… Elle a murmuré, pour elle-même :

« Oh ! Je le connais ! »

Ils ont attendu, patiemment, un bon quart d'heure encore avant de reprendre la descente. Gaïa regardait fixement le chemin par lequel Couderc avait disparu. De temps à autre elle répétait :

« Je le hais ! Je le hais ! »

Sa voix était plus basse encore qu'à l'habitude.

Ils sont repartis ; Gaïa semblait avoir retrouvé des forces. Plusieurs fois elle a émis un « Oh ! » de surprise indignée : de petites taches écarlates jalonnaient le chemin enneigé que le braconnier avait parcouru, ployant sous sa charge de bête assassinée. Avant que le chemin ne sorte de la forêt, les taches ont disparu. Couderc avait dû couper à travers bois et champs pour n'avoir pas à traverser le hameau.

À l'approche de la ferme, Gaïa et Augustin se sont séparés. Avant de lui dire au revoir, Gaïa a pris la main d'Augustin. Il a baissé la tête, embarrassé et heureux. Puis elle a demandé :

« Pour le pertuis, tu as bien dit que tu n'étais pas sûr ? »

Il a fait « oui » de la tête avant de recommander :

« Surtout, pour Couderc, faut rien dire. On sait pas de quoi il est capable. »

Elle a acquiescé et, à nouveau, il a eu peur de ce qu'il a cru lire dans son regard. Elle a murmuré :

« Au revoir Augustin !

– Au revoir Gaïa ! »

Elle s'en est allée et lui avait maintenant acquis la certitude qu'elle allait retourner dans la gorge, et même plus haut si c'était possible, et cette idée lui a paru contenir une menace qu'il ne parvenait pas à définir.

XVI

Les soucis de Miette

MIETTE ATTENDAIT. Elle retournait vainement dans sa tête les mille et une façons qu'elle avait envisagées pour aborder avec Augustin cette situation dans laquelle il semblait s'embourber depuis quelques semaines.

Tout à l'heure, P'titPa était venu. Miette et lui avaient commencé d'arrêter des dispositions en vue du mariage et sur lesquelles ils étaient rapidement tombés d'accord. Mais P'titPa avait manifestement d'autres soucis en tête. Non sans réticences il en avait fait part à Miette. La conduite d'Augustin le préoccupait, notamment ces escapades de plus en plus fréquentes avec la fille de l'institutrice. Hier encore, les deux jeunes gens n'étaient revenus que vers 5 heures alors que la nuit approchait.

P'titPa était assis devant un verre de vin auquel il n'avait pas touché. Sa main droite triturait sa casquette qu'il avait posée devant lui sur la table :

« Tu comprends Miette ? Ca m'ennuie d'avoir à te dire ça. Mais hein ? Augustin... moi je l'aime bien. J'ai peur qu'y fasse des bêtises... »

Miette écoutait, sans mot dire. Son malaise s'accroissait de ce que racontait P'titPa, et qui venait confirmer ce qu'elle n'avait qu'entrevu, sans compter les soucis dont Mme Duteil lui faisait confidence au sujet de Gaïa. Ce matin, par exemple, l'institutrice était venue sous un prétexte quelconque. À mots couverts, les deux femmes avaient parlé, Mme Duteil surtout dont Miette avait, au fil du temps, découvert l'inquiétude cachée derrière une façade qui se voulait assurée. Comme d'habitude, il n'avait pas été question d'Augustin dont Mme Duteil semblait ignorer qu'il rencontrait sa fille.

P'titPa s'excusait presque :

« ... si c'était qu'à courir après les filles, ça s'rait normal. On l'a tous plus ou moins fait à son âge... »

Il avait marqué une pause embarrassée avant de poursuivre :

« Mais là... Aujourd'hui encore, il est parti. C'tte fille, Gaïa, elle l'a pour ainsi dire tourneboulé. Même Grand'Pa il le dit. Dieu sait pourtant qu'il est prêt à lui en passer au garçon ! »

P'titPa s'était levé, avait mis sa casquette sur sa tête :

« Bon ! Faut que j'me sauve ! J'sais pas si j'ai bien fait d'venir. Faut pas m'en vouloir hein Miette ? Quand même, Augustin... y grandit hein ? Moi... j'fais ça... c'est pour son bien ! Mais ça m'gêne ! »

Miette, enfin, avait ouvert la bouche :

« Faut pas t'en vouloir. Moi, j'suis contente parce que... parce que tu t'occupes de lui et pis, Grand'Pa aussi. Après tout... bientôt... on sera une famille non ? »

P'titPa lui avait fait un grand sourire, lui avait gauchement posé un baiser sur la joue. Il était parti sans toucher à son verre.

*

* *

Augustin a passé la porte. Il n'avait pas son air habituel, en tout cas celui auquel Miette avait du mal à se faire depuis quelque temps. L'air renfrogné, il s'est assis à la table. Miette l'a trouvé grand. Son visage, lisse encore, laissait pourtant deviner des angles qui naissaient, vers les mâchoires par exemple. Le regard aussi changeait, moins enfantin, plus circonspect. Les mains étaient fortes déjà, la gauche abandonnée à plat devant lui, et le poing droit serré qui soutenait le visage, le coude appuyé sur la table.

Miette a demandé doucement :

« Ça a fait aujourd'hui ? »

C'était les premiers mots qu'elle lui adressait, le soir quand il rentrait, comme elle l'avait fait avec l'autre

Augustin auquel celui-ci ressemblait de plus en plus. Le garçon a levé les yeux vers sa mère. Dans la réponse elle a senti une réticence :

« Ben oui... comme d'habitude. »

Elle a hésité avant de constater d'un ton qui se voulait neutre :

« Moi, j'ai eu de la visite.

– Ah ?

– Oui... Mme Duteil est venue. On est jeudi. Elle avait du temps. »

Miette a remarqué un raidissement passager sur le visage d'Augustin.

« Gaïa était pas là mais... on a parlé d'elle, enfin, sa mère m'a parlé d'elle. »

Augustin a avoué, et ses yeux regardaient sa main, sur la table :

« Gaïa ? Elle était avec moi.

– Ah bon ?

– Oui... Ça nous arrive, de temps en temps. »

Comme Miette ne réagissait pas, Augustin a levé la tête. Le regard de sa mère l'a troublé :

« Oh ! On fait rien d'mal hein ? Juste, on marche, et... on s'parle, un peu. »

Miette est venue s'asseoir à la table, en face de son fils. C'était un comportement inhabituel qui les a laissés interdits pendant quelques secondes. Elle a demandé, presque timidement :

« Gaïa, j'sais pas comment dire... Elle te plaît ? »

Augustin a rougi. Il a mis ses mains l'une dans l'autre, comme l'avait fait son père avant lui quand il était embarrassé :

« Pourquoi tu dis ça ? J'sais pas moi si elle me plaît... Oui... p't'être...

– Oh ! Tu sais Augustin ? Ça aurait rien d'étonnant. Elle est jolie Gaïa... et même un peu plus non ?

– ...

– Elle est intelligente aussi. Elle sait des choses, des choses qu'nous on sait pas. Avec une mère institutrice hein ? C'est normal. »

Augustin regardait ses mains. Miette a poursuivi, lentement. Elle cherchait ses mots, des mots qui seraient vrais, qui ne blesseraient pas, mais qui diraient cependant ce qu'il y avait à dire :

« À propos, tu sais ?... tu sais qu'c'est pas son vrai nom Gaïa ? »

Les épaules d'Augustin se sont légèrement affaissées et un étonnement douloureux est passé dans son regard. Miette a poursuivi :

« Son prénom, c'est Mathilde. Mais... elle veut pas qu'on l'appelle comme ça... rapport à son père. Elle dit que ce prénom, elle l'aime pas ; que Gaïa, ça lui va mieux parce que c'est elle qui l'a choisi... »

Augustin écoutait. Ses mains se massaient doucement l'une l'autre.

« ... Gaïa, paraît que c'est ancien comme nom. Mme Duteil m'a expliqué que c'est grec, que c'était le nom d'une déesse ou quelque chose comme ça. C'est des choses qu'nous on a pas, ou alors dans les contes. Mathilde... enfin Gaïa... elle aurait voulu vivre chez ces gens, comme eux-mêmes. Y a qu'ça qui l'intéresse. Tu le savais ?

– Oui, oui... Elle m'en parle...

– Ah ! Elle t'en parle... »

Miette a réfléchi quelques secondes :

« Ce livre, le livre qu'elle t'a donné, y parle d'ça aussi ? »

Depuis que le livre était là, jamais Miette ne l'avait ouvert. Elle l'avait pris dans ses mains, deux ou trois fois. Elle regardait la couverture, pensivement. *L'Odyssée* : elle n'arrivait pas à se faire à ce mot qui sonnait si bizarrement. Puis, c'était le livre d'Augustin et elle éprouvait une sorte d'appréhension devant le mystère que devaient cacher ces pages.

Quand Mathilde..., enfin Gaïa, avait donné ce livre, Augustin avait dit à sa mère : « ... si moi je peux le lire, toi aussi... » Mais depuis, sans qu'elle pût deviner pourquoi, jamais il n'avait proposé de le lui prêter, et lui-même le lisait d'une façon qui n'était plus celle d'avant. Souvent, il restait à regarder fixement la page qui était sous ses yeux et c'était comme s'il ne la voyait pas.

Miette a renouvelé sa question :

« Ce livre, de quoi ça parle ?

– Ben, ben… C'est ce que t'as dit. C'était y a longtemps, chez des gens qui étaient pas comme nous.

– Les Grecs ?

– Oui, c'est ça, les Grecs…

– Et ? Alors ?…

– Alors ? Ben… Y a un garçon… Télémaque. Y s'appelle Télémaque. Il attend son père qui est parti à la guerre… »

Miette écoutait, captivée, son regard fixé sur le visage d'Augustin.

« Et pis, y a sa mère aussi : Pénélope. Le père lui, y s'appelle Ulysse. C'est sûr qu'y z'ont tous des noms bizarres. Le père, y voudrait revenir mais, y peut pas.

– Ah ? Pourquoi ça ? Il est prisonnier ?

– Non, non. Mais c'est tout comme. Il a des ennuis tout le temps. Parce que… là-bas, c'est pas comme ici. Y a la mer et il arrive pas à traverser. Y fait des bateaux mais le mauvais temps les casse à chaque fois ou autre chose. Y a des monstres aussi ou des esprits qui lui font des misères…

– Le diable tu veux dire ?

– Non, non… Chez ces gens, y connaissent pas le diable. En tout cas on n'en parle jamais.

– Ah ! Et cet homme, il est tout seul ? Il a personne pour l'aider ? »

Augustin a hésité avant de répondre, comme s'il cherchait une échappatoire. Il a bredouillé :

« Si... si... Y a quelqu'un. Enfin, c'est une femme... ou une fille... j'sais pas trop. Athéna qu'elle s'appelle... avec des yeux... des yeux...

– Bon... C'est qu'une histoire finalement, plutôt compliquée, mais c'est qu'une histoire ? »

Augustin n'a pas répondu. Son visage s'était fermé. Miette a insisté :

« Et... c'est tout ? »

Augustin a levé les yeux vers sa mère. Il lui présentait un visage qu'elle a eu du mal à reconnaître parce que dans sa tête à lui se télescopaient des images qui n'arrivaient pas à se mettre en place l'empêchant de trouver les mots et les phrases qu'il aurait fallu prononcer pour expliquer. D'ailleurs, il n'était même pas sûr d'avoir envie d'expliquer. Il a préféré couper court :

« De toute façon, j'comprends pas tout.

– Ah ? Mais, Gaïa... elle peut pas t'expliquer Gaïa ?

– Si... si... p't'être...

– Bon. Et alors ?

– Ben, faudra voir... »

Miette a senti qu'elle n'en tirerait pas plus sur le sujet. Elle a laissé courir quelques secondes. Il lui a fallu faire un gros effort sur elle-même pour demander :

« Dis Augustin, avec Gaïa, tu penses faire quoi ? »

Le visage du garçon s'est fermé encore davantage. Comme il ne répondait pas, elle a insisté :

« T'es pas un peu jeune encore pour... ? Enfin... quand on s'intéresse aux filles, y me semble que...

– Pourquoi tu dis ça ? Avec Gaïa on fait rien de mal. Qu'est-ce que vous avez tous ?

– Faut pas te fâcher Augustin... C'est simplement qu't'es mon garçon et qu't'es jeune encore. Faut comprendre... Gaïa... elle est pas de notre monde. Elle sait des choses, sûr... mais elle est pas de notre monde. Même sa mère le dit, qu'elle a des idées... des idées... Enfin, elle se fait du souci, comme moi.

– Vous vous y mettez tous hein ? Toi, P'titPa, et Mme Duteil et... »

Il s'est retenu à temps. Il avait failli ajouter : « ... et Julien ! » Il s'est levé et a lancé abruptement :

« J'aime mieux aller me coucher tiens ! »

Il est sorti. Son visage était blanc. Miette n'a pas osé faire un geste pour le retenir. Elle était désemparée : c'était la première fois qu'Augustin lui parlait aussi durement, comme un homme en quelque sorte.

*

* *

Augustin s'est allongé tout habillé sur son lit. L'indécision l'habitait, la colère aussi, contre Miette, contre P'titPa et Mme Duteil, contre Julien surtout. Il massait doucement les phalanges de son poing droit pendant que des images défilaient dans sa tête, enflant des ondes douloureuses qui venaient cogner contre ses tempes.

Tout à l'heure, en rentrant, il s'était presque heurté au fils Couderc. Le garçon, entouré de sa petite cour comme d'habitude, avait persiflé en ricanant pendant qu'il défiait Augustin du regard :

« Tiens ! V'là l'amoureux de la pimbêche ! »

La réaction de ce dernier n'avait pas laissé à Julien le temps de se sauver. De sa main gauche, Augustin l'avait saisi au col pendant que son poing droit serré s'écrasait sur la pommette du garçon qui, à moitié étourdi sous le choc, était tombé au sol. Les deux ou trois gamins qui l'accompagnaient s'étaient enfuis en criant.

Augustin s'était penché sur son adversaire avec une furieuse envie de le frapper à nouveau. Ce qu'il avait lu dans les yeux de l'autre l'avait arrêté : un mélange d'incrédulité et de panique à travers les larmes que la douleur et l'humiliation avaient fait naître. Augustin n'avait pas cogné. Il avait approché son visage de celui de Julien à le toucher et il avait craché :

« J'veux plus t'entendre ! T'as compris ? La prochaine fois... la prochaine fois... »

Le ton de la voix avait dû décupler la menace et Julien avait supplié :

« Arrête ! Arrête Augustin ! J'le redirai plus ! J'le jure ! »

Augustin l'avait lâché et était rentré sans jeter un coup d'œil en arrière.

*
* *

Qu'est-ce qu'ils avaient tous à vouloir s'interposer entre Gaïa et lui ? Il n'a pas eu à se forcer pour penser « Gaïa » malgré cette révélation que lui avait fait Miette. Gaïa avait raison. C'est ainsi qu'elle devait s'appeler et non de ce prénom ridicule que son père lui avait imposé. Il s'est perdu longtemps dans cette aura de mystère entourant la jeune fille et dont il s'enchantait et s'alarmait à la fois.

Depuis qu'il la connaissait, il ne savait plus imaginer la vie sans elle qui, pourtant, ne faisait rien pour l'encourager. Elle ne se fâchait ni ne se réjouissait quand il la rejoignait sur le chemin du torrent. Depuis qu'il avait promis de lui révéler le secret du pertuis, elle ne lui avait jamais rien demandé d'autre.

Avant elle et sans s'en rendre compte, il avait cloisonné le monde dans lequel il vivait : d'un côté, les gens qu'il aimait, Miette bien sûr, Grand'Pa et son fils ; de l'autre cette partie inexplicable qui le liait à toutes ces choses qui n'appartenaient qu'à lui : la nature, les montagnes qui l'environnaient de leurs mystères et de leurs légendes, les animaux sauvages dont il s'efforçait de connaître la vie secrète.

Gaïa était arrivée. Elle était là, comme un couronnement, et il s'en contentait sans chercher d'explication. Voilà que les autres y trouvaient à redire. Et il avait frappé Julien, chose que jamais encore il n'avait faite. Il n'avait pas envie de le regretter.

Pendant qu'il retournait ces questions sans réponse, sa main a rencontré le petit morceau de bois qui le reliait à son père qui, on ne pouvait en douter, aurait compris, lui. L'apaisement est revenu, peu à peu, avec le sommeil.

XVII

L'attente

LES PREMIERS JOURS DE MARS avaient marqué une pause de l'hiver sur les sommets. Augustin avait suivi le recul du mauvais temps avec un mélange de joie et d'inquiétude parce que le moment approchait de cet équinoxe dont Gaïa lui avait expliqué la signification. Elle avait utilisé des mots de tous les jours mais le ton employé et son regard, comme tourné vers l'intérieur, démentaient la simplicité des paroles. Elle semblait attacher une importance toute particulière à cette découverte qu'Augustin lui avait laissé espérer. Pour une fois, elle n'avait pas fait référence aux Grecs mais à d'autres gens tout aussi mystérieux et inconnus pour qui cette période de l'année semblait primordiale. Augustin n'avait pu s'empêcher de rapprocher cette attitude de celle de Grand'Pa lui dévoilant le secret du pertuis quelques années auparavant.

Augustin s'étonnait en silence de ce savoir chez Gaïa, tout en suivant chaque matin la progression du jour sur la nuit ; elle allait amener inéluctablement au point d'équilibre que la jeune fille et le garçon attendaient et qui, pour eux seuls, verrait le soleil reparaître fugacement à travers la montagne, miracle dont Grand'Pa prétendait qu'il était le gage assuré d'une année supplémentaire de vie.

Mais tout allait de travers. Le fœhn d'abord s'était mis à souffler. Ses énormes bouffées d'haleine chaude débordaient par-dessus le col de Manse avant de s'étaler en rouleaux invisibles à travers la plaine du Champsaur, secouant les toitures et tordant les branches nues des frênes et des peupliers. Les dernières traces de neige tentaient de se cacher derrière les murets de pierres sèches bordant les champs. Le vent les débusquait pour les assécher avidement de ses coups de langue rageurs, laissant apparaître des dépôts brunâtres de feuilles mortes et de brindilles qui, bientôt, verraient éclore les premières morilles.

Vers le sud et l'ouest, sur les pentes qui dévalaient depuis les falaises de la montagne de Féraud, la neige cédait peu à peu du terrain, mettant à nu les pierriers gris zébrés des bandes blanchâtres des ravins encore encombrés de coulées de neige et de glace qui persisteraient jusqu'en juin. Les murailles minérales, au dessus, dressaient leur verticalité de calcaire dans laquelle couraient quelques minces corniches où s'accrochait un fin ourlet blanc que le soleil ne tarderait pas à absorber.

Vers le nord, les hauts sommets de l'Oisans étaient toujours en hiver, à l'image de l'Olan qui n'arrivait pas à dégager ses vires et ses flancs de la neige. Il lui faudrait des semaines pour retrouver sa silhouette massive et noire, sentinelle dressée gardant la vallée du Valgaudemar. Au-dessus de Saint-Firmin, cependant, la fonte avait commencé, libérant peu à peu les pâturages roussis par l'hiver ; mais toutes les crêtes étaient prises encore, sur lesquelles le vent du nord avait sculpté d'énormes corniches qui ne disparaîtraient pas avant le mois de mai.

Et la pluie était arrivée avant que, très vite, la bise froide ne s'installe et avec elle la brume qui avait noyé tous les sommets.

*

* *

Allongé sur son lit, les yeux fouillant le noir au-dessus de sa tête, Augustin suivait le crépitement des gouttes qui criblaient le toit de traînées rageuses. Le garçon écoutait le vent. Celui-ci miaulait de dépit, cherchant vainement une faille entre les tuiles, ou sous les poutres, par où il aurait pu s'introduire et semer le désordre dans la maison des hommes qui se calfeutraient entre ses murs.

C'est Grand'Pa qui, le premier, avait parlé à Augustin du vent comme d'une personne vivante et multiple. Le garçon aurait aimé en faire profiter Gaïa. Mais, il n'osait pas. Pourtant il savait maintenant reconnaître à l'oreille si celui qui soufflait dehors avait l'haleine chaude et lourde du voyageur revenant du sud ou le sifflement plus aigu et continu de la « bise » à qui des chutes de pluie ou de neige avaient ouvert la porte par laquelle elle se ruait, débouchant de la vallée qui montait de Grenoble. Et c'est ce qui s'était produit ces derniers jours.

Encore éveillé, alors qu'on était au milieu de la nuit, Augustin supputait les heures ou les jours qui seraient nécessaires pour débarrasser les crêtes des écharpes de brume que la tempête n'allait pas manquer d'effilocher devant le pertuis. D'ici peu, un temps que le garçon ne savait pas mesurer, il serait trop tard. La course du soleil se serait redressée de telle façon que celui-ci ne jetterait plus avant un an ses rayons à travers la montagne. Et, dans quatre jours, il faudrait monter à la bergerie des *Sambucs*[1].

*

*   *

1. Sambucs *: les sureaux. Ce mot issu de l'occitan se retrouve dans le nom de nombreux lieux-dits : les* Sambues, *les* Sambuques, *le pas de la* Sambue, *etc.*

La décision avait été prise la veille. Grand'Pa et son fils en avaient discuté à la fin du repas. P'titPa roulait sa cigarette. Augustin suivait des yeux, distraitement, les grosses mains qui s'appliquaient à ne pas déchirer le papier et à ne pas gaspiller le moindre brin de tabac. Grand'Pa avait annoncé :

« Bon ! J'crois qu'y faudra monter aux Sambucs un de ces jours ! »

P'titPa avait levé les yeux cependant que le manège de ses doigts s'interrompait :

« Aux Sambucs ? Déjà ? Tu crois pas qu'c'est un peu tôt ?

– Boh non ! Sûrement que vers la bergerie y a plus de neige. »

P'titPa avait fini calmement de rouler sa cigarette et l'avait allumée :

« Ouais... P't'être mais... au-dessus hein ? Sur la crête des Aversins ? Y en a encore, et pas mal. La corniche de tous les hivers, elle est toujours là ; on la voit d'en bas. Et c'tte année elle a l'air grosse.

– Ben... la corniche, pour c'qu'y a à faire, elle nous gênera pas. On travaillera surtout dans la bergerie. Faut mettre un peu d'ordre. Quand on a "démontagné" à l'automne, on a tout laissé en plan. Faut ranger avant qu'on remonte avec les bêtes, surtout que c'tte année le troupeau sera plus gros.

– Ah ? Le troupeau sera plus gros ?

– Oui. Jourdan m'a dit qu'il était d'accord pour me confier ses bêtes.

– C'est vrai ? Y s'est enfin décidé ? Il y a mis le temps ! Mais c'est quand même pas une raison pour monter si vite.

– Ben si. Avril sera vite là, deux semaines à peine, t'as oublié ? »

P'titPa avait baissé les yeux. Un léger tiraillement avait crispé sa cicatrice. Grand'Pa avait poursuivi, sans acrimonie :

« Toi, t'auras commencé au barrage, on pourra plus guère compter sur toi pas vrai ? Alors, Augustin et moi on va préparer la bergerie pendant qu't'es encore là. »

P'titPa avait convenu :

« Bon, c'est ton idée mais j'trouve quand même qu'c'est un peu tôt. La pente, sous les Aversins, elle est trop nue et lisse maintenant qu't'as voulu qu'on coupe les arbres qui auraient pu arrêter l'avalanche. Si ça descend depuis la corniche, ça peut faire du vilain.

– Et pourquoi qu'ça descendrait ? On a pas vu ça depuis des années et des années. Pas vrai Augustin qu'tu seras content d'aller là-haut avec moi ? »

Augustin avait senti un petit froid s'insinuer entre ses omoplates. Il avait demandé :

« Et... on monterait quand ?

– Oh, oh ! T'as l'air bien pressé !

– Ben non... non... Au contraire... »

Les derniers mots lui avaient échappé et Grand'Pa s'était étonné :

« Ah ? Comment ça ? »

Le garçon avait bredouillé :

« Ben... C'est pour le pertuis et puis... le soleil... Enfin, tu sais bien ? On en a parlé déjà... C'est pour l'équinoxe quoi ! »

P'titPa avait expulsé un gros nuage de fumée. Ébahi, il avait questionné :

« Comment qu't'as dit ? L'équinoxe ? D'où tu sors ça ? »

Et Augustin s'était enferré :

« Ben oui... l'équinoxe. C'est Gaïa qui m'a expliqué... le jour et la nuit... C'est quand ils sont pareils ! »

Le garçon, malheureux, avait baissé la tête pendant que P'titPa s'esclaffait :

« Non ! Pa ? T'entends ça ? C'est qu'y devient savant notre Augustin ! »

Grand'Pa regardait le garçon. Il avait tempéré :

« Allez ! Laisse-le tranquille ! Toi, tu comprends rien à ces choses-là ! »

P'titPa s'était levé, avait mis sa casquette sur sa tête. Elle penchait un peu sur le côté gauche, accentuant l'effet de la cicatrice qui souriait d'un air bon enfant. Il avait jeté, en plaisantant, avant de s'en aller :

« Bon ! J'crois qu'y faut que j'vous laisse à vos mystères hein ! Moi, j'vais travailler ! »

*

* *

Grand'Pa maintenant regardait Augustin. De l'index, celui-ci traçait, maladroitement, des itinéraires compliqués dans les miettes qui parsemaient la table à côté de son assiette. Grand'Pa avait constaté :

« Alors, comme ça, tu lui as dit. »

Augustin se taisait. Grand'Pa avait continué :

« En un sens, t'as bien fait. Et... qu'est-ce qu'elle en pense ?

– Ben, elle veut voir le pertuis, pis surtout le soleil, quand y percera !

– Ah ! Et toi qui as pas su tenir ta langue, tu veux lui montrer bien sûr ?

– Ben... oui... »

Augustin avait levé les yeux vers Grand'Pa qui souriait à demi :

« Mais... elle a promis, elle dira rien... à personne !

– À personne hein ? Et toi, tu la crois ? Les filles, tu sais...

– Non ! Pas elle ! Pas Gaïa ! Elle est pas comme ça !

– Bon, bon ! C'que j'en dis... C'est ton affaire après tout ! »

Grand'Pa avait réfléchi un moment avant de décider :

« Voilà ! On montera vendredi. C'est dans quatre jours. Ca laissera le temps à la bise de dégager la falaise... enfin, si ça doit se faire. Et toi, t'auras eu le temps d'aller au tertre. De toute façon, après, le soleil y percera plus ; faudra attendre l'année prochaine. »

Grand'Pa avait marqué une pause avant de sembler regretter :

« Et, c'tte année, ben, t'iras sans moi ! Ça te va comme ça ?... Surtout qu'tu s'ras quand même pas tout seul...

– Oh oui ! Merci Grand'Pa ! Pis, tu sais, elle dira rien, j'en suis sûr !

– Bon... On verra... on verra... Après tout, à moi, c'est ben une fille qui me l'a dit, y a longtemps... »

Grand'Pa s'était mordu les lèvres comme s'il regrettait les mots prononcés. Très vite, il avait enchaîné :

« Bon... on parle, on parle... Pis y a le travail qui attend ! »

Augustin avait hésité, surpris que Grand'Pa se soit trahi, puis il s'était hasardé à questionner :

« Dis, Grand'Pa, c'est vrai ? À toi, c'est une fille qui te l'a dit ? »

Grand'Pa emportait déjà la daubière vers le poêle. Il avait jeté, par-dessus son épaule :

« Allez Augustin, oublie ce que j'ai raconté ! J'ai plus trop ma tête, et tout ça c'est des vieilles histoires ! Pense plutôt à pas faire des bêtises hein... avec Gaïa... par exemple ! »

Comme Augustin semblait vouloir se récrier, Grand'Pa avait complété :

« Dis pas qu'c'est pas vrai. Déjà qu'ça a commencé à c'qui paraît. D'ailleurs t'as vu Couderc l'autre jour non ? Il était pas venu pour ça mais il a pas pu s'empêcher de m'en toucher deux mots. »

Augustin attendait et se taisait. Il sentait une boule se former dans sa gorge.

Bien sûr, il avait rencontré Couderc alors que celui-ci sortait de la cour. L'homme s'était arrêté quand il avait croisé Augustin ; il avait un visage dur. Il avait persiflé :

« Alors ? Paraît qu't'es le coq du hameau à c'qu'on raconte ? »

Il n'en avait pas dit plus mais sa voix contenait une menace voilée. L'épisode du chamois était revenu à la mémoire du garçon en même temps que le souvenir de l'altercation avec le fils Couderc. Il n'avait pas eu peur pour lui mais s'était effrayé qu'il puisse arriver quelque chose à Gaïa.

Maintenant, la colère l'envahissait à nouveau cependant qu'il se taisait par respect pour Grand'Pa. Celui-ci avait demandé :

« Alors comme ça, tu lui as mis la peignée au Julien ?

– Boh… Pas une peignée, juste un coup et il était déjà par terre. »

Grand'Pa n'avait pu s'empêcher de plaisanter :

« Un seul coup hein ? D'après son père, c'était pire. Enfin, j'crois surtout qu'il était furieux que son gamin se soit pas défendu ! Ces Couderc ! C'est grande gueule et compagnie ! N'empêche, c'est pour la fille que vous vous êtes battus ! »

Augustin avait corrigé :

« Non ! C'est pour Gaïa !

– Bon, bon... Te fâche pas ! Après tout, c'est de votre âge mais... Fais attention quand même. L'Julien, j'crois qu'c'est un jaloux ! Et son père aussi p't'être bien... »

Les derniers mots avaient été prononcés tout bas et Augustin ne les avait pas bien compris. Grand'Pa avait conclu en souriant :

« Bon ! C'est décidé ! On montera vendredi. Deux ou trois jours en haut, ça t'éclaircira les idées ! Et, oublie pas de prévenir ta mère ! »

*

* *

Dans la nuit du mercredi au jeudi, la bise s'est calmée. Augustin a dormi d'un trait, ce qui ne lui était pas arrivé depuis plus d'une semaine. Il a avalé un quignon de pain et un bol de lait en sifflotant. Miette le surveillait du coin de l'œil. Elle a demandé :

« T'es bien réjoui ce matin ? C'est de monter aux Sambucs demain ? »

Il s'est contenté d'un sourire avant de passer la porte. Quand il a traversé le hameau, un brouillard léger noyait les maisons dans un voile impalpable. À travers des déchirures, des pans de la montagne de Féraud se découpaient crûment sur le ciel bleu ; la couleur des falaises hésitait entre le gris et le rose de l'aurore. Augustin avait définitivement adopté ce mot qui, avant Gaïa, lui aurait paru incongru. Il faisait frais, presque froid, mais on devinait qu'enfin la journée allait être belle.

*
* *

Augustin travaillait avec Grand'Pa. Ils avaient, dès le matin, commencé de rassembler tout ce qui leur serait nécessaire pour les travaux qu'il faudrait faire dans la bergerie : des outils, pic, pelle, fourche, un rouleau de fil de fer, un marteau, des pointes, quelques piquets... Tout serait prêt à être réparti sur le bât dont on chargerait la mule très tôt le lendemain.

Au milieu de la matinée, le soleil a épongé la brume et posé partout une lumière neuve à travers l'atmosphère transparente. Grand'Pa semblait avoir rajeuni de vingt ans. De temps à autre il s'interrompait, levait le nez vers le ciel, humait l'air, et Augustin l'entendait répéter pour lui-même :

« Ouais ! J'crois qu'on a bien choisi not'jour ! »

Il se tournait vers le garçon, clignait de l'œil :

« Tu crois pas qu'ça va te manquer quand tu travailleras au barrage ? »

Augustin baissait le nez et souriait. Lui pensait à l'après-midi. Il avait dit à Grand'Pa, tout à l'heure en arrivant dans la cour :

« Il va faire beau. C't'après-midi, on pourra aller au tertre avec Gaïa. »

Grand'Pa avait hoché la tête. Sa main gauche était montée vers son visage et ses ongles avaient crissé dans la barbe qui embroussaillait ses joues et son menton. Puis il s'était tourné vers Augustin. Il avait approuvé :

« T'as raison ! C'est aujourd'hui qu'y faut y aller. Moi, j'peux plus mais toi, profites-en mon garçon, profites-en. Et pis, regarde tout, bien, pour t'rappeler... plus tard. Quand on est jeune, c'est ça qui manque... On sait pas assez regarder. »

*
*   *

Vers 11 heures, les préparatifs étaient terminés ou presque. Grand'Pa s'est baissé pour rectifier la position du rouleau de fil de fer qui n'en avait pas besoin. Il s'est redressé, s'est massé le dos des deux mains tout en marmonnant :

« Ouh ! Fait pas bon rajeunir ! »

Sans crier gare, il est allé s'asseoir sur la pierre, contre le mur. Il a appelé :

« Viens là garçon ! On va se reposer cinq minutes. »

Ils sont restés silencieux un long moment. Grand'Pa regardait le sol entre ses pieds et, de temps à autre, jetait un coup d'œil rapide sur Augustin. Il semblait hésiter, n'arrivant pas à décider ce qu'il fallait dire ou faire. Puis, il s'est jeté à l'eau :

« Tu sais Augustin ?... »

Le garçon s'est tourné vers le vieil homme qui a poursuivi :

« ... tout à l'heure... j't'ai dit de tout bien regarder c't'après-midi quand t'iras au tertre avec... avec Gaïa. Faudra qu't'ouvres les yeux bien sûr mais, ouvre tes oreilles aussi ! Et même, t'as un nez ?... Essaie de sentir c'qu'y aura à ce moment-là... et pis... et pis... tes mains aussi ! Enfin quoi, j'sais pas comment dire ; aujourd'hui, tout c'que t'as, faut qu'ça serve, tout : voir, sentir, toucher, écouter ! Voilà ! Quand on est jeune, comme toi, on s'en sert pas assez de tout ça ! Alors, penses-y hein ? C't'après-midi, penses-y ! C'est le bon jour ! »

Grand'Pa s'était tu, surpris d'avoir tant parlé. Sa main droite est allée fourrager sous son veston, vers le sternum :

« Pssssh ! V'là que je mets à radoter... Tiens ! Finis de préparer tout seul pour demain. Moi, j'vais faire la tambouille, sinon, P'titPa va râler quand y reviendra et il aura raison ! »

*

* *

Ils ont mangé tranquillement. Comme souvent, P'titPa a fait les frais de la conversation, ce qui n'était pas pour lui déplaire. Il a repassé la liste complète de ce qu'il était indispensable de monter aux Sambucs le lendemain. À chaque rappel, Grand'Pa répondait patiemment :

« Oh ! On y a pensé ! »

À la fin, P'titPa a sacrifié au rituel de la cigarette. Entre deux bouffées, il a plaisanté :

« Dis donc Augustin ? La pendule ? Elle marche pas ? T'arrête pas de la regarder ! »

Décontenancé, Augustin a appelé, du regard, Grand'Pa à son secours. Celui-ci l'a rassuré :

« L'écoute pas va garçon ! Va plutôt voir sur le tertre si j'y suis ! »

P'titPa s'est étonné :

« Ah bon ? Et... c't'après-midi, y travaille pas ? »

Grand'Pa a plié son couteau et l'a mis dans sa poche :

« Si, y travaille. C'est moi qui l'envoie où j'peux plus aller ! »

P'titPa a sorti et ouvert sa petite boîte en fer qui contenait quelques mégots. Il y a ajouté celui qu'il avait à la bouche et qui venait de s'éteindre. Un peu vexé, il a commenté :

« Ah ! Je vois ! C'est encore un de vos mystères ! Ça doit être le printemps qui vous travaille !

– Ah ben, tu peux pas mieux dire ! »

Grand'Pa riait et Augustin était déjà à la porte.

XVIII

L'équinoxe

LE SOLEIL ÉTAIT BIEN ÉTABLI dans un ciel sans nuages. Augustin attendait. Il était appuyé à l'angle d'une vieille grange que plus personne n'utilisait. Tout de guingois, un vieux char en bois y dormait, auquel il manquait une roue ; une herse était renversée contre un mur, un peu agressive avec ses dents rouillées d'où pendaient des toiles d'araignée piquetées de poussière ; quelques éclats de tuiles étaient fichés dans le sol de terre battue. Dans un coin, un tas de foin finissait de sécher, dont l'odeur douce flottait dans la pénombre.

Augustin surveillait le coude du chemin qui débouchait un peu plus bas et par où n'allait pas manquer d'arriver celle qu'il espérait. Aujourd'hui, ils n'iraient pas sur le chemin du torrent.

Gaïa est apparue. Elle était nu-tête. Pendant qu'elle approchait, les boucles d'or roux dansaient sur ses épaules. Elle était vêtue d'une robe couleur safran qu'il ne lui connaissait pas et portait une veste de laine blanche pliée sur son bras gauche. Augustin a senti un petit choc au creux de son estomac : ainsi habillée, elle avançait, entraînant un halo de soleil autour d'elle.

Elle n'a découvert Augustin qu'au dernier moment. Elle a lancé :

« Bonjour Augustin !

– Bonjour Gaïa ! »

Ils sont restés quelques secondes à se regarder sans parler. Ils se souriaient. Dans les yeux de Gaïa l'eau verte et bleue était presque transparente. C'est elle qui a rompu le silence :

« Alors ? C'est aujourd'hui ? »

Augustin a fait « oui ! » de la tête. Puis, sans commentaires, il est parti à travers champs, empruntant un itinéraire connu de lui seul et dont il avait décidé de lui faire cadeau. Gaïa suivait. Elle n'avait pas posé de question.

Ils sont passés par la *naïsse* à Jeantrot. Augustin a montré le piétinement marqué et les cuvettes qu'avaient laissés les sangliers qui étaient venus là prendre un bain de boue. Les deux jeunes gens ont traversé un bocage, escaladant de petits tas de pierres et traversant des haies de noisetiers et d'érables champêtres. Parfois, Augustin se retournait pour surveiller la progression de Gaïa. Elle suivait facilement, agile et légère, et la robe safran déroulait des plis qui caressaient les jambes blanches que le garçon n'osait qu'à peine regarder.

Enfin, ils sont arrivés au tertre. Augustin a dit simplement :

« C'est là ! »

Le rocher sur lequel il avait ses habitudes était allongé dans l'herbe sèche. Augustin s'est assis et a laissé une place pour Gaïa, à côté de lui. Sans manières, elle s'est installée à son tour, à le toucher et, presque tout de suite, il a senti la chaleur de sa hanche contre sa hanche à lui. Il n'a pas osé se déplacer et son trouble s'est accru de la certitude que Gaïa aussi avait perçu cette proximité qui ne la gênait pas mais, qu'au contraire, elle semblait rechercher. Elle a demandé :

« Le pertuis dont tu m'as parlé, où est-il ? »

Augustin a expliqué qu'à cette heure on ne pouvait le voir. Le soleil rasait la falaise derrière laquelle il ne tarderait pas à disparaître. Il était trop éblouissant pour laisser deviner quoi que ce soit. Il fallait attendre.

Augustin s'est rappelé ce qu'avait dit Grand'Pa et qu'on devait faire pour se souvenir, plus tard, quand la jeunesse aurait fui. Il a raconté à Gaïa cette conversation. Ensemble, ils ont prêté l'oreille et se sont étonnés d'entendre le roulement assourdi du Drac qui dévalait sur son lit de galets, bien plus bas, derrière des rideaux d'arbres. Dans l'air, ils ont reconnu des senteurs subtiles d'herbes desséchées enfin dégagées du gel et la neige, et l'odeur fongique des feuilles mortes que la chaleur du soleil avait exaltée. Leurs doigts ont parcouru le grain rêche de la pierre sur laquelle ils étaient assis.

Ils ont surveillé, enfin, la descente du soleil qui s'éteignait peu à peu, avalé par le rocher. Bientôt, ne sont plus restées que les crénelures de la montagne qui étirait un rideau sombre tout le long de la vallée. Au dessus, blanchissait un ciel effervescent dans lequel se mourait la lumière.

Augustin était attentif, mais sans inquiétude. Contre lui, il percevait la tension qui raidissait le corps de Gaïa. Discrètement, il s'est tourné vers elle. Les deux mains pressées dans son giron, Gaïa fixait la falaise à l'endroit où le soleil avait disparu. Son visage était pâle, la bouche close dont la lèvre inférieure tremblait un peu. Puis, un sourire est né, d'abord presque imperceptible avant de s'affirmer dans les traits qui s'épanouissaient en une contemplation incrédule.

Là-haut, sous la crête, une fleur clignotante venait d'éclore. Elle s'est épanouie en une tache brillante d'où ont jailli soudain quelques lances lumineuses qui ont traversé l'espace jusqu'au tertre. Pendant plusieurs secondes, le soleil de l'équinoxe a jeté ses feux dans les yeux des deux jeunes gens qui étaient venus le saluer, avant de s'éteindre lentement, comme à regret.

Gaïa est restée immobile un long moment encore. Elle semblait ne pouvoir quitter du regard la falaise qui s'assombrissait de plus en plus, et son visage affichait la sérénité. Enfin, elle s'est mise debout, et sa voix grave a annoncé :

« Maintenant, on peut s'en aller. »

*

* *

Ils sont redescendus, sans dire un mot. Augustin allait devant. L'air était doux, amolli par un léger vent qui venait du sud. Ils sont arrivés devant la vieille grange et Augustin s'est arrêté. Gaïa a fait de même. Un sourire flottait sur son visage. Elle a pris Augustin par la main et sa bouche a commandé :

« Viens ! »

Augustin n'a pu qu'obéir sans comprendre.

Gaïa est entrée dans la grange dont le portail avait disparu depuis longtemps. À l'intérieur, dans la pénombre, elle a cherché et découvert, sur le sol, l'endroit où était répandu le foin. Elle s'y est assise, la robe en corolle autour de ses jambes repliées. Elle a prié doucement :

« Augustin, viens près de moi. »

Lui la regardait, et son cœur s'est accéléré. Il a hésité, surtout parce qu'il sentait monter dans son ventre une attente anxieuse devant un inconnu dont Gaïa paraissait vouloir lui ouvrir la porte. Il s'est assis gauchement à côté d'elle. Elle s'est penchée vers lui pour lui murmurer à l'oreille :

« Maintenant, c'est à moi de t'emmener en voyage. »

Augustin était oppressé, surtout de ne pas savoir décider s'il fallait céder ou non à cette Gaïa qu'il ne reconnaissait plus tout à fait ; elle lui donnait envie de fuir en même temps qu'il était remué tout entier par ce qu'il croyait lire dans ses yeux sombres. Elle lui a pris les mains qui se refusaient, malhabiles. La voix grave l'a rassuré :

« N'aie pas peur... »

Elle a commencé de le guider, doucement, dans l'exploration de territoires merveilleux qui se cachaient sous la robe safran. La peau y était douce, et élastique, et chaude ; elle fondait sous les lèvres avec un goût de sel et une senteur de musc.

XIX

Les Sambucs

AUGUSTIN EST ENTRÉ DANS LA COUR. On était encore à la nuit. Dans le rectangle lumineux qui marquait le portail de l'écurie, P'titPa finissait de harnacher la mule. Il s'est étonné :

« Ah ! Te v'là déjà ! »

Il a levé la tête vers le ciel et a annoncé :

« Vous aurez beau. »

Puis, un ton plus bas :

« T'iras devant... pour retenir la mule. Faut pas laisser mener Grand'Pa. J't'ai mis une petite corde, dans la dossière. Quand ça montera trop, vers Combe Davin, tu l'accrocheras au harnais. Grand'Pa pourra se faire traîner. Ça l'aidera. »

Il a fait un clin d'œil de connivence à Augustin. Quand il parlait, de petits nuages de buée fusaient devant sa bouche et qui s'étiraient un instant dans la faible lumière avant de disparaître dans le noir.

Grand'Pa est sorti ; il portait un énorme sac tyrolien. P'titPa a plaisanté :

« Dis donc ! Vous allez pas crever de faim !

– Faut c'qui faut ! Pas vrai Augustin ? Alors, t'es prêt ? »

Il s'est adressé à P'titPa :

« J't'ai mis de quoi à toi aussi. Y en a pour deux jours. On redescendra probablement demain soir samedi. »

Augustin et P'titPa ont attaché le sac sur le chargement de la mule, qui a bronché en secouant la tête ; sous l'œil un peu goguenard mais bienveillant de son fils, Grand'Pa les suivait s'assurant du regard et de la main que tout était bien arrimé. Rassuré, le vieil homme a enfoncé sa casquette avant de lancer :

« Bon ! On peut y aller ! T'es d'accord Augustin ? »

Sa voix marquait un vrai ton de contentement impatient. P'titPa a voulu tempérer :

« Oh ! Vous avez l'temps hein ? Y fera pas jour avant un bon moment.

– Ben, on s'ra que mieux pour monter ! Pas vrai Augustin ? »

Augustin a saisi le bridon de la mule et a commandé :

« Hue ! »

L'équipage s'est ébranlé.

*

*   *

La nuit était étoilée, et noire. Augustin avançait sans encombres. Il devinait plus qu'il ne voyait le ruban de la route. De temps à autre, la mule heurtait du sabot un caillou qui faisait saillie. Le bruit du fer résonnait à peine, avalé par les buissons ou les arbustes tout proches qui croissaient en désordre sur les talus.

Bientôt, ils ont atteint le pont du Loup sur lequel ils ont franchi le Drac, invisible quelques mètres en dessous ; par les froissements d'eau qui montaient de l'obscurité humide, on devinait pourtant qu'il était là. Ils ont traversé le hameau du Motty, et réveillé un chien qui a grogné. La scierie était silencieuse ; seulement une silhouette allait et venait dans le halo jaune d'une ampoule allumée au-dessus de la bouche noire de l'entrée de la chambre de sciage qui exhalait une haleine lourde de résine et de bois coupé. Grand'Pa a commenté :

« C'est Jeymond... Tu sais ?... çui qu'a fait embaucher P'titPa au barrage. J'me demande ce qu'y fait là... C'est vrai qu'il en faut du bois pour construire là-bas... »

Ils ont longé un moment la route de Gap avant de s'engager dans un chemin qui commençait de gravir les pentes de la montagne. Un torrent cascadait en dessous, derrière un rideau de buissons et d'arbustes. Grand'Pa a remarqué :

« Ça doit fondre là-haut. On dirait qu'y a pas mal d'eau dans le *Brudour*[1]. »

Augustin a levé la tête. La couleur de la nuit avait mué. Les étoiles avaient pâli insensiblement et un liseré de soufre soulignait les crêtes découpées de l'Oisans vers le nord-est. Le garçon s'est retourné un instant ; à l'ouest, la falaise de Féraud était sortie de l'obscurité et baignait dans un ciel mauve et noir.

La pente s'est vraiment accentuée. Ç'a été comme un signal pour la mule. Elle s'est mise à pousser Augustin par à-coups, appuyant du chanfrein contre le dos du garçon. À plusieurs reprises, il a dû tempérer de : « Holà ! Doucement ! » la bête qui paraissait prise d'une sorte de frénésie. Augustin a pensé qu'elle reconnaissait le chemin et était pressée d'arriver le plus vite possible à la bergerie où elle passait une partie de l'année, libre la plupart du temps, au milieu des pâturages qu'elle partageait avec les brebis.

Augustin a jeté un coup d'œil en arrière. Grand'Pa s'était laissé distancer. Il montait, le dos un peu voûté, les yeux fixés devant lui afin d'éviter les pièges du chemin, pierres ou racines, qu'on distinguait mieux

1. Brudour *: du préfixe bru, qui fait du bruit (a donné des noms de ruisseaux comme le Bruyant en Vercors), et du radical préceltique* dour *ou* dor, *pour l'eau qui court. Probablement à l'origine de la Durance, la Dore en Auvergne ou les Doron en Savoie, etc.*

maintenant dans le petit jour. Le garçon a arrêté la mule d'un : « Holà ! Ho ! » Quand le vieil homme l'a eu rejoint, Augustin a suggéré :

« P't'être que tu pourrais t'accrocher à la mule ? »

Grand'Pa a soufflé, deux ou trois fois, en secouant la tête. Il a fini par convenir :

« Ben... c'est pas de refus. Ces montées, c'est plus trop de mon âge. »

Augustin a pris la cordelette préparée par P'titPa et l'a attachée au bât. Il a tendu l'extrémité libre à Grand'Pa qui s'est étonné :

« Oh ! Oh ! C'est toi qui as eu cette idée ?

– Non, c'est P'titPa.

– P'titPa hein ? Çui-là, quand y veut... »

Il s'en est tenu à cette observation mi-figue, mi-raisin. Après avoir enroulé la cordelette autour de son poignet il a constaté :

« Comme ça, ça devrait faire. Quand même, P'titPa... J'crois qu'avec lui, ta mère et toi vous serez pas malheureux. Bon... on peut y aller. »

Ils sont repartis.

Augustin marchait à côté de la mule dont il tenait le bridon serré, la main près du mors, pour tempérer l'enthousiasme de la bête. De temps à autre il s'enquerrait par-dessus son épaule :

« Grand'Pa ? Ça va ? On va pas trop vite ? »

La réponse arrivait, toujours la même :

« Ça va ! Ça va ! Comme ça, j'pourrais monter au Grun ! »

Augustin souriait en silence et jetait un coup d'œil sur le Grun, plus de mille mètres au-dessus, dont la pyramide sommitale noire fermait l'est de l'autre côté du vallon au fond duquel dévalait le Brudour. Une fois de plus, Augustin s'est étonné de la différence marquée entre les montagnes qui bordaient la vallée du Drac. C'était comme deux mondes qui se faisaient face sans se connaître. Sur la rive gauche, le Dévoluy dressait presque sans transition des falaises verticales de calcaire grisâtres. La rive droite au contraire, entaillée par le Valgaudemar, s'élevait progressivement en moutonnements couronnés de forêts jusqu'aux premiers sommets de l'Oisans et leurs tours de schistes noirs qui plongeaient encore leurs pieds dans la neige.

Le jour était bien établi maintenant. On n'apercevait toujours pas le soleil, caché derrière la masse compacte du Ban du Peyron, en face du Grun. La petite caravane gravissait lentement le sentier sinuant entre les pins, les genévriers et les buissons d'épines-vinettes.

*

* *

Depuis qu'il s'était réveillé, Augustin s'efforçait de ne pas se laisser envahir par ce qui était arrivé la veille.

La nuit avait passé, faite de périodes d'un profond sommeil d'anéantissement et de courts réveils durant lesquels les images et les sensations se bousculaient, qu'il n'arrivait pas à maîtriser. L'inimaginable s'était produit, lui laissant un souvenir un peu douloureux, comme si on l'avait dépouillé de quelque chose qu'il ne savait définir. En même temps, il se sentait changé, son corps surtout, dans lequel rampait encore une lassitude bienheureuse à laquelle se mêlait cette découverte de gestes et de sensations inconnus jusqu'alors.

Dans ce rêve éveillé, il n'arrivait pas à chasser l'image omniprésente de Gaïa qui avait tout déclenché. Ce qui le laissait le plus désemparé était cette impossibilité de dissocier ce qui était arrivé de la certitude que c'était elle qui l'avait voulu. Comme toujours, depuis qu'il la connaissait, elle ne l'avait forcé en rien et, cependant, il n'avait pas su, ou pu, aller à l'encontre de ce qu'elle avait décidé. Et maintenant, il s'angoissait devant cet avenir incertain qui l'attendait et la prochaine rencontre avec Gaïa. Que faudrait-il dire, ou faire ? Et même, y aurait-il une prochaine rencontre ? Allait-elle accepter de le voir, et qu'il l'accompagne ?

Depuis qu'ils avaient commencé de marcher, avec Grand'Pa, Augustin s'efforçait de repousser ces questions trop difficiles, s'attachant à occuper son esprit dans l'observation de ce qui se passait autour d'eux pendant que le jour naissait. Mais les questions étaient là, obstinément, qui restaient sans réponse, alimentant un sentiment de culpabilité diffuse à laquelle il ne savait pas échapper. Miette par exemple, qui n'avait paru s'apercevoir de rien, hier soir quand il était rentré. Elle l'avait mis en garde et il n'avait pas voulu l'entendre. Mais, elle aussi avait ses propres préoccupations avec ce mariage qui approchait, et elle ne s'était pas étonnée qu'il aille se coucher plus tôt qu'à l'habitude. Augustin s'effrayait à la seule idée qu'elle aurait pu savoir, et plus encore de ce qu'elle aurait pu penser. Heureusement, à bien y regarder, ça n'entrait pas dans le domaine du possible ; il était proprement inimaginable que Miette, sa mère, pût seulement envisager ce qui s'était produit entre son garçon et Gaïa. P'titPa, lui, aurait probablement plaisanté gentiment sans chercher à creuser pour savoir ce qui s'était vraiment passé et sans découvrir que le nouvel Augustin n'était plus celui de la veille. Il n'y avait que Grand'Pa qui, peut-être, aurait pu comprendre. Mais lui parler, ça non, Augustin ne pouvait s'y résoudre. Il entendait souffler le vieil homme, derrière la mule, alors il ralentissait un peu. Finalement, c'était la meilleure chose qui pouvait arriver que cette montée à la bergerie. Dans deux ou trois jours, on y verrait plus clair.

*

* *

Il devait être autour de 9 heures ; on n'était plus très loin de la bergerie. Un changement subtil avait dû se produire qu'Augustin a ressenti plus qu'il ne l'a constaté, sans pouvoir dire à quoi il était dû. Il lui a paru que la lumière ambiante avait pris une acuité qu'elle n'avait pas jusqu'alors. Il a regardé autour de lui plus attentivement encore mais rien ne paraissait avoir changé, que son corps pourtant ressentait et que sa pensée n'arrivait pas à appréhender. Il a levé la tête et, brusquement, il a compris. Il a arrêté la mule, s'est retourné vers Grand'Pa qui, surpris, s'est approché avant de s'arrêter à son tour près du garçon. Le vieil homme a soulevé sa casquette, s'est essuyé le front d'un revers de manche avant de s'étonner :

« Qu'est-ce qui t'arrive ? »

Augustin s'est contenté de désigner un endroit loin au-dessus d'eux. Sa casquette à la main, Grand'Pa a regardé et hoché la tête avant de dire, un peu surpris :

« Ben… P'titPa avait raison… »

Il ne pensait même pas à se recoiffer. Les sourcils froncés sous l'effet de l'incertitude, ses yeux suivaient ce que le geste d'Augustin lui avait fait découvrir. Tout en haut de la pente raide et nue que le sentier coupait en traversée, la crête ascendante des Aversins se découpait contre le ciel d'un bleu noir. Elle montait, fuyant en direction de la barre déchiquetée des Rochers du Diable, et s'ourlait d'une épaisse corniche jaunie des premiers rayons du soleil qui venaient la frapper, semblable à une énorme lame suspendue au-dessus de la pente. Même de loin, on en devinait les plis inclinés à l'horizontale ou retombant en énormes festons sculptés par les caprices du vent au gré des chutes de neige successives de l'hiver. En dessous, encore dans l'ombre et couverte d'un glacis de neige bleutée jusqu'à deux ou trois cents mètres des deux hommes qui la suivaient et l'évaluaient, la pente filait d'un jet. Pensif, Grand'Pa a constaté pour lui-même :

« C'est vrai qu'elle est épaisse. »

Puis, d'un ton un peu fataliste, il a ajouté :

« Bah ! C'est pas la première que je vois... ni la dernière. Allez ! On y est presque ! »

Il s'est recoiffé et c'est lui qui a saisi le bridon de la mule :

« Hue ma vieille ! On finit d'arriver ! »

*

*   *

Un quart d'heure plus tard, au détour du sentier, sur une petite plate-forme, une masse compacte et grise est apparue : la bergerie était là, trapue, ancrée dans le sol de toutes ses pierres. Son toit à deux pans dépassait à peine de l'énorme rocher contre lequel ses constructeurs avaient adossé la bâtisse. Le bloc offrait, vers l'amont, une sorte d'étrave et protégeait la bergerie des pierres qui roulaient sous les pieds des brebis quand elles pâturaient en dessus ou de l'eau qui ruisselait au moment des gros orages. Le mur aval, opposé au rocher, était aveugle. Le sentier le longeait puis s'enfuyait, en lacets serrés, en direction des Aversins.

Le pignon ouest, qu'on découvrait en premier quand on arrivait d'en bas, s'éclairait d'une petite fenêtre basse dont le volet était clos. À l'opposé, sur le pignon est, un solide portail de bois s'ouvrait, un peu en retrait dans le mur de pierres. C'était le côté contre lequel la neige ne s'entassait pas parce que le moins ouvert au vent et donc peu soumis aux congères.

Grand'Pa a ouvert un des vantaux du portail qui n'était pas fermé à clef. Il est entré et Augustin derrière lui. Une odeur froide de crottes, de suint et de poussière les a saisis à la gorge. Ils étaient dans un espace rectangulaire d'une trentaine de mètres carrés. Leurs pas s'amortissaient sur une couche serrée de fumier desséché. Quelques planches traînaient. Contre les parois aux pierres noircies se devinait un désordre de sacs de sel, d'éléments d'enclos, un petit abreuvoir en tôle galvanisée, des cordes : tout un fourniment qui avait été abandonné là, dans la presse du « démontagnage » de l'automne précédent. Entre les poutres et le toit avaient été tassés de la paille, des vieux cartons, des sacs de jute usagés et même de vieilles hardes, enfin tout ce qu'on avait pu juger pouvoir servir d'isolant et d'où pendaient des charpies grises de toiles d'araignées empoussiérées. Dans un coin, du bois sec était entassé jusqu'à hauteur d'homme.

Grand'Pa a disparu par une ouverture étroite qui permettait d'accéder à un petit local séparé de la bergerie par une cloison légère. Augustin l'a entendu fourrager dans le noir, sacrer après avoir provoqué un bruit de bouteille vide qui était tombée au sol et, enfin, ouvrir la fenêtre et le volet qui a tapé contre le mur, dehors. Il a appelé :

« Bon ! Tu peux venir ! »

Augustin est entré et a laissé ses yeux s'habituer à la pénombre. C'était là que vivait le berger, entre un bat-flanc de planches, un petit poêle à bois dont le tuyau se perdait dans le mur et une table branlante posée sous l'appui de la fenêtre. Un banc très court était glissé entre les pieds de la table. Contre la cloison qui séparait les deux parties de la bergerie, une simple planche de bois servait d'étagère. Grand'Pa a ramassé la bouteille qui avait roulé sous la table et pesté :

« C'est encore un coup des chasseurs ! Peuvent pas ranger alors qu'y sont même pas chez eux ! »

Il a posé la bouteille sur l'étagère, à côté d'une autre dans laquelle était fichée une bougie à moitié utilisée. La cire avait pleuré en coulures blanchâtres sur le goulot qui faisait office de bobèche. Les bouteilles voisinaient avec deux ou trois boîtes de conserve vides et une casserole d'aluminium un peu bosselée. Grand'Pa a farfouillé de la main sur l'étagère ; il a retourné les boîtes et la casserole ; son visage a marqué la contrariété :

« Voilà ! C'est tous les ans pareil ! Y viennent, y picolent sans ranger leur bouteille et y z'usent les bougies et les allumettes ! Pis, c'est nous qu'y faut qu'on monte tout ! »

Il s'est retourné et son ton s'est radouci :

« Bon... au moins, y z'ont rangé les couvertures ! »

Sur le bat-flanc recouvert d'une mince paillasse dont le tissu rayé laissait s'échapper quelques touffes de crin, cinq ou six couvertures d'une couleur indéfinie étaient pliées et soigneusement mises en tas. Grand'Pa a plaisanté :

« Tu vois Augustin ? L'armée ça sert à quéque chose ! Y t'apprennent à boire, tirer au fusil et plier les couvertures au carré ! »

Tous deux se sont mis à rire. Grand'Pa a rajouté :

« Bon ! Nous voilà tranquilles pour une paire de jours ! On va pouvoir ranger un peu ! Toi, pour commencer, t'iras chercher de l'eau. »

XX

La corniche

De chaque côté de la mule, Grand'Pa et Augustin mettaient la dernière main au harnachement de la bête. Celle-ci était nerveuse ; elle encensait et tapait du sabot. Sans doute avait-elle senti que la courte récréation de deux jours s'achevait et qu'il allait falloir redescendre dans la vallée.

On était déjà au samedi après-midi. Grand'Pa et le garçon avaient bien travaillé, nettoyant et mettant de l'ordre par-ci, rafistolant par-là. Durant tout ce temps, Augustin n'avait eu que peu le loisir de penser et même, il s'était efforcé de bannir de son esprit des sensations encore trop brûlantes ou des souvenirs récents de ce qui était devenu pour lui le « jour du tertre ». C'était une habitude qu'il tenait de Miette de dénommer, pour lui-même, certains jours par le rappel du fait marquant qui s'était produit alors. Avant l'arrivée de Gaïa, ce calendrier personnel existait déjà mais, depuis, il s'était enrichi rapidement, du « jour du livre » d'abord, puis du « jour de l'écureuil », du « jour du chamois » et, enfin, du « jour du tertre ».

La nuit précédente avait coulé, plutôt paisible. La proximité de Grand'Pa n'y avait pas été pour rien. C'était la première fois que le garçon dormait à côté de quelqu'un. Le bat-flanc était plutôt étroit. Grand'Pa et Augustin étaient allongés à se toucher, enroulés dans leurs couvertures. Le vieil homme se retournait souvent en geignant un peu. À un moment, il s'était excusé :

« J'te laisse pas dormir, hein garçon ? Ce bat-flanc, c'est dur ! C'est plus pour moi. Même avec la paillasse, j'y arrive pas. Quand j'pense... Au début, de paillasse, y en avait pas. J'couchais direct sur les planches, avec un peu de foin ! »

Il avait dû trouver enfin une position moins inconfortable et il s'était endormi. Il ronflait discrètement, avec des bruits de bouche. Augustin avait fini par s'habituer et il lui était venu une sorte de quiétude dans cette intimité qu'il découvrait. Il entendait les chocs de sabot et les claquements de longe secouée derrière la cloison où la mule était attachée. Il avait laissé son esprit s'envahir de ce qui était arrivé la veille avant de plonger dans le sommeil.

*

*   *

Grand'Pa a tiré sa montre gousset pour la consulter. Il a eu un froncement de sourcils incrédule :

« Dis donc Augustin ? Tu sais qu'il est déjà 3 heures ! »

Le garçon venait d'entrer ; il était allé dehors jeter les cendres que le poêle recelait. Grand'Pa, pendant ce temps, avait plié et rangé les couvertures ; Augustin lui a semblé embarrassé. Le vieil homme a demandé :

« Eh garçon ? Ça va pas ?

– Si... si... Enfin... j'crois que j'ai pas envie de descendre aujourd'hui.

– Ah ?

– Oui... J'aimerais bien profiter encore un peu. »

Grand'Pa a souri discrètement. Il a gratté sa barbe et émis quelques « mmm ?... mmm ?... » comme s'il pesait le pour et le contre. Enfin, il a paru prendre une décision :

« Bon ! Après tout, pourquoi pas ? Y reste encore assez de provisions et un peu de bougie. Faudra économiser mais, pour ce soir tu devrais avoir assez. »

Il s'est tu quelques instants, semblant perdu dans des réflexions personnelles, avant de regretter :

« J'crois qu'à ton âge, j'aurais aimé rester moi aussi... »

Presque sans transition, il s'est inquiété :

« Ouh ! J'sais pas trop c'que va dire ta mère...

– Tu lui expliqueras bien. Tu lui diras que je descendrai demain matin très tôt et que je serai à l'heure pour la messe.

– Bon, bon. Comme ça, ça ira. Sinon, elle va croire que c'est moi qui te donne le mauvais exemple ! »

Grand'Pa est allé chercher le sac tyrolien qui était déjà sur le dos de la mule, dehors. Il l'a posé sur la table :

« Tiens, doit y avoir bien assez pour ce soir. Demain, tu l'oublieras pas hein ?

– Non... non... Sûr ! J'y penserai !

– Bon, c'est bien. Je jette un dernier coup d'œil et je m'en vais. »

Il est allé à côté. Augustin l'a entendu soliloquer pendant qu'il tripotait un outil ou une barrière. Il est revenu, il avait l'air satisfait :

« J'crois qu'on a bien travaillé. On a bien fait d'venir. Y avait besoin ! »

Son visage s'est fait plus sérieux :

« Bon... La bergerie, maintenant, c'est toi qui la gardes ! Alors hein ? Pas de bêtises. Fais bien attention au feu, avec le poêle surtout, mais pareil avec la bougie. Hein ? On est d'accord ?

– Oui Grand'Pa ! J'ferai attention... à tout.

– Alors ça va. Si tu le dis, ça va. Je sais qu'tu le feras. »

Ils sont allés dehors. Le vieil homme a saisi le bridon de la mule et lancé :

« Hue ma vieille ! »

Après quelques pas, il s'est arrêté :

« Dis Augustin... T'as raison d'rester. Profites-en ! Ici, t'as vu ? C'est mieux qu'en bas ! J'suis content qu't'aies eu envie ! Allez ! À d'main !
– À demain Grand'Pa ! »

L'homme et la bête sont partis sans se retourner. Augustin les a suivis des yeux jusqu'au moment où ils ont disparu derrière un repli du terrain. Alors, instinctivement, il a levé la tête vers la crête des Aversins et la corniche qui, à cette heure, était dans l'ombre et dont on devinait les énormes plis inclinés au-dessus de la pente. À la fois content et incertain, il est entré dans la bergerie.

*
* *

Le soleil était bas maintenant, loin vers l'ouest. Augustin est sorti. Il a pris le sentier et commencé de monter en direction des Aversins. Il marchait lentement, sans intention précise, uniquement pour le plaisir d'être là, en pleine montagne, seul. Il faisait à peine froid. Le garçon a atteint une limite indécise dans la pente, là où commençait la neige. Il a insisté quelques mètres encore avant de renoncer : la neige était trop molle et ne portait pas. De petits paquets froids entraient sournoisement dans les chaussures avant de se mettre à fondre. Il est redescendu de quelques mètres, s'est assis sur une grosse pierre. Tout en bas, la vallée du Champsaur, déjà dans l'ombre, s'inondait d'un fin réseau de brume laiteuse d'où émergeaient, çà et là, de fines colonnes de fumée, immobiles, laissant deviner les fermes qui étaient en dessous. La barrière de Féraud s'étirait, tout au long, muraille bleutée dans laquelle tout relief s'était estompé. Derrière, le disque rougeoyant du soleil était accroché entre l'Obiou et le Grand Ferrand et se noyait, peu à peu, dans des vapeurs fuligineuses de fin d'incendie. Augustin a pensé à Gaïa, tentant d'imaginer la réaction qu'elle aurait eue de voir le soleil s'en aller comme il le faisait ce soir. Cette pensée l'a rendu triste tout à coup et son plaisir s'en est ressenti. Il s'est levé pour rentrer.

Quand il est arrivé à la bergerie, le soleil avait disparu. La pente au-dessus déroulait un tapis d'herbes roussies jusqu'à la limite de la neige et, beaucoup plus haut, la corniche brillait d'un faible éclat énigmatique sur le ciel qui commençait de foncer.

Augustin est entré dans la bergerie, a fermé le portail, le volet et la petite fenêtre. Cependant qu'il allumait la bougie, il a ressenti une bizarre impression de réclusion à laquelle sa décision de rester ne l'avait pas préparé. Il a fait deux pas, s'est assis sur le bat-flanc. Son nouvel univers lui est apparu rétréci, minuscule, dans lequel la bougie jetait de petites ombres froides qui n'atteignaient pas les murs dilués dans le noir. La masse sombre du sac encombrait la table, grosse bête immobile accroupie et qui semblait le guetter.

Presque sans transition, Augustin a senti le froid. Vite, il s'est levé et a décidé d'allumer le poêle. Bientôt, les flammes ont commencé de lécher le bois et le garçon s'est trouvé mieux. À travers les rondelles mal ajustées du dessus du poêle, de petites langues d'une lumière orangée sont allées lécher le plafond et des crépitements ont peuplé le petit espace qui s'est remis à vivre. Une odeur de fumée de bois s'est répandue dans la bergerie. Augustin a ouvert le sac tyrolien, et l'inventaire de ce qu'il contenait lui a remonté le moral. Il a tiré le petit banc et s'est assis pour manger.

XXI

Une prison de neige

Gaïa était allongée sur lui. Elle le recouvrait entièrement, le corps, les jambes, les bras. Elle l'enveloppait. Et lui tantôt la serrait, tantôt faisait tout pour se déprendre. Elle était légère, et lourde. Il cherchait à voir son visage mais ne le pouvait. Les cheveux, en masses sombres et fauves, passaient devant ses yeux, étendant un voile soyeux sur sa figure et la noyant dans leurs boucles. Sur sa peau à lui se plaquait une peau lisse comme les glaçons qui tombaient des toits et qu'il suçait, il y avait longtemps, quand il n'était qu'un petit garçon. Et, cette peau était brûlante, et dure contre la sienne.

Lui, tentait en vain de se détacher de cette Gaïa inconnue qui cherchait à lui arracher ses vêtements. Il avait mal dans ses bras, mal des efforts qu'il déployait pour se défendre, mal de ne pouvoir décider s'il fallait la repousser ou la serrer plus fort.

Par moments, la lutte cessait. Un sentiment de solitude extrême lui tirait des larmes qui traçaient un petit sillon brûlant sur ses joues sans que s'apaise cette angoisse d'être le prisonnier d'un filet inextricable dans lequel ses efforts pour se dégager ne faisaient que l'enfermer davantage.

Le voile d'or roux couvrait à nouveau son visage. Gaïa était sur lui, Gaïa était lui et lui Gaïa, et elle se mettait à onduler, et la terre sous son dos ondulait aussi, en longs plis qui devaient ressembler à ceux de la mer qu'il n'avait jamais vue, ces plis qui brisaient les bateaux que construisait un homme dont la photo, dans un livre, le regardait ; cet homme s'appelait Ulysse et lui ressemblait trait pour trait.

Et, tout ce temps, le garçon cherchait à appeler mais aucun son ne sortait de sa bouche...

*

*   *

Augustin a émergé du sommeil mais la réalité le fuyait encore pendant qu'il cherchait à se remémorer l'endroit où il se trouvait. Le poêle avait dû s'éteindre, tout était noir. Son corps était prisonnier des couvertures dans lesquelles il avait dû se ligoter lui-même, peu à peu. Des fourmillements couraient jusque dans les extrémités de ses doigts et de petites douleurs fulguraient dans son dos et ses hanches meurtries par les planches du bat-flanc. Il a fait un effort encore pour se dégager du carcan qui l'immobilisait, son corps a basculé, et il a eu la sensation de tomber dans le vide, une chute qui n'a duré qu'un interminable instant avant qu'il ne heurte le sol.

Le choc a fini de l'extraire du sommeil et, tout à coup, il a écouté...

Il était sûr d'entendre un grondement très sourd et qui avait été précédé d'un choc bref. C'était ce choc qui avait dû le réveiller. Le grondement se rapprochait, paraissant courir au ras du sol, dehors, pareil à une cavalcade assourdie née sous les pieds de dizaines de chevaux lancés au galop. Le bruit était plus fort d'instant en instant, et la fenêtre et le volet, le portail aussi, se sont mis à vibrer sous l'effet d'un vent soudain qui avait dû se lever. Le souffle s'est amplifié, faisant gémir les gonds et secouant les planches. Augustin a toussé, en courts hoquets douloureux, parce que des cendres avaient dû être expulsées du poêle et volaient, invisibles, dans l'obscurité.

Le garçon était toujours allongé sur le sol, dans le lien des couvertures. Toute son attention s'était réfugiée et concentrée dans ses oreilles. Le bruit s'est accentué et des heurts sourds se sont produits sur le toit dans le même temps que la bergerie tremblait comme si une énorme main invisible l'avait saisie et tentait de l'arracher du sol pour l'entraîner dans la pente. Le portail et le volet ont gémi de toutes leurs planches et Augustin a perçu, distinctement, les chuintements mouillés de milliers de serpents qui glissaient le long des murs, dehors. Enfin, la tornade mystérieuse s'est apaisée et son grondement a décru avant de s'éteindre tout à fait, abandonnant la place au silence.

Augustin est resté longtemps immobile. La peur était tapie en lui avec ce sentiment étrange qu'un mouvement de sa part allait déclencher à nouveau ce phénomène inexplicable qui avait dû se produire tout autour de la bergerie. Tant qu'il ne bougerait pas, le calme subsisterait. Il a pris conscience du silence ; ce n'était plus le même qu'auparavant. C'était un silence sans consistance, un silence qui n'avait jamais dû connaître le moindre bruit, un silence qui faisait mal aux oreilles. Et, sans transition, Augustin a sursauté : au-dessus de sa tête, les poutres du toit ont crié, une plainte aiguë de bois qu'on torture. Le silence est revenu.

*

*   *

Augustin a fait un énorme effort. Il a fini de se dégager des couvertures. Il lui a fallu longtemps, les sens toujours en éveil, avec cette crainte irraisonnée que le tumulte ne renaisse. Il s'est mis debout, a chancelé. Il a étendu les mains devant lui, a fait un pas, puis un autre... sa main droite s'est heurtée au mur. Il s'est figé, surpris et inquiet. Il s'est retourné, s'est cogné le genou contre le poêle. La douleur s'est mêlée à la panique. Il n'arrivait plus à situer, dans la petite pièce, la position des objets qu'il savait y être. C'était comme si ce qui avait soufflé tout à l'heure, de l'autre côté des murs, avait tout bousculé ici aussi, à l'intérieur, et peut-être même carambolé la bergerie.

Le garçon a fait un gros effort pour se calmer et a repris son exploration, à tâtons. Les choses ont retrouvé leur place, progressivement, et Augustin a mis la main sur la bouteille qui faisait office de chandelier. Il a allumé la bougie. Ç'a été une petite résurrection. Tout était là, comme avant : le poêle éteint, le bat-flanc et, à côté, sur le sol, les couvertures entortillées, le banc, la table sous la fenêtre et le sac tyrolien qui bâillait.

Augustin s'est assis sur le banc et il a tenté, lucidement, d'analyser la situation. Qu'est-ce qui avait bien pu se produire dans la montagne, pendant qu'il dormait ligoté, rêvait et se débattait ? Des réminiscences de son rêve agité flottaient encore dans son esprit. Tout en réfléchissant, il regardait, sans la voir, la fenêtre en face de lui. Le volet, derrière, a attiré son attention : il paraissait légèrement déformé. Augustin s'est levé, a ouvert la fenêtre et tenté de le repousser, plusieurs fois. Le volet a résisté et un peu de neige est tombé du haut, là où le volet et le mur ne se joignaient pas tout à fait. D'un seul coup, la peur est revenue. Des pensées indécises se sont mises à tourner dans la tête du garçon. Il a refermé la fenêtre et s'est rassis.

Enfin, le cœur battant la chamade, il s'est relevé ; il a pris la bougie et, la main en auvent pour protéger la flamme, il est allé dans la bergerie, vers le portail. Il s'est baissé et a approché la bougie près du sol. Là aussi, un peu de neige mouillait le seuil, en gros cristaux de sel qui scintillaient à peine. Il a tenté d'ouvrir le portail et celui-ci lui a paru soudé dans son logement comme si une poigne géante le poussait de l'autre côté.

Augustin est resté un long moment devant le portail. Un tremblement l'a saisi, de froid et d'angoisse mêlés, pendant que la vérité, impitoyable, ouvrait un chemin tortueux dans son esprit : par la faute d'on ne savait quoi... ou qui... la corniche, là-haut, avait dû se casser et la neige était descendue, enlaçant la bergerie dans une étreinte que lui ne pourrait plus desserrer.

*

* *

Allongé sur le bat-flanc, Augustin attendait. Il avait disposé sur lui les couvertures en couches successives. Il n'avait pas froid mais il était taraudé par l'envie de se lever et d'allumer la bougie, envie contre laquelle il luttait, de toutes ses forces. Sa décision avait été prise il y avait une heure… ou beaucoup plus… ou moins, il n'aurait su dire. Après ses tentatives, vaines, d'ouvrir le portail ou le volet, il avait mis longtemps pour tempérer la panique qui l'avait envahi et il était resté assis, prostré sur le bat-flanc, à fixer la bougie qui tentait de repousser, tant bien que mal, l'obscurité autour de sa petite flamme tremblotante.

Il s'était aperçu trop tard que la lumière, déjà si faible, baissait encore. En quelques secondes, elle s'était éteinte. N'était plus resté de la mèche qu'un minuscule serpentin rouge qui avait mué en luciole avant de disparaître. Un moment d'abandon avait succédé à la toute relative quiétude que le lumignon disparu avait péniblement entretenue dans la tête du garçon.

Il s'était bousculé, s'était levé et avait commencé une lente exploration, les mains en avant, attentif à ne rien renverser. Il avait tâtonné longtemps sur l'étagère, une fois, puis deux, puis trois… À chaque nouvelle tentative, sa déception s'accroissait mais, il recommençait, plus soigneusement et, enfin, ses doigts avaient senti, entre la cloison et l'étagère, quelque chose de froid et d'un peu mou au toucher. D'un seul coup, son moral était remonté. Il n'y avait aucun doute, une bougie déjà bien entamée avait roulé derrière les boîtes vides. Il s'en était saisi avec précaution, et avait eu la tentation de l'allumer ; il s'était retenu. Comme un trésor, la seule présence de ce petit morceau de cire, même éteint, lui avait suffi. Il l'avait rangé précieusement, dans une des boîtes, et s'était couché.

*

* *

Plus tard, il n'aurait pas su dire combien parce que le temps avait fini par se diluer, il avait décidé d'allumer le poêle. Il avait hésité encore, avare qui ne voulait pas user quoi que ce soit de la sacro-sainte bougie. Il avait réfléchi à tout ce qu'il faudrait faire et préparer, du petit bois aux bûches plus grosses qui seraient nécessaires et aux allumettes indispensables dont il savait qu'elles étaient dans le sac tyrolien. Il était parti à l'aventure, suivant le mur, les mains en avant, jusque dans le coin où était entreposé le bois sec. Bizarrement, ce contact physique qui lui meurtrissait les paumes l'avait réconforté. Les murs avaient résisté, de toutes leurs pierres. Ils le retenaient prisonnier mais, probablement, lui avaient sauvé la vie. Il s'était même permis d'en rire timidement. Dans sa grotte obscure, nul géant, nul cyclope ne le guettait de son œil unique qu'il ne serait pas besoin de crever pour s'enfuir, comme Personne dans le livre. D'ailleurs, il n'avait aucun bélier sous le ventre duquel il aurait pu s'accrocher...

Il était revenu jusqu'au poêle et, alors qu'il était encombré d'une brassée de bois, ce retour lui avait paru plus facile que l'aller. Il avait éclairé la bougie et vite, vite, chargé et allumé le poêle. Content de lui, il avait mouché la chandelle et s'était baissé pour suivre, à travers la grille, la progression du feu. Mais les petites flammes orange hésitaient, courant sans s'attacher sur les brindilles et sans parvenir à déclencher la flambée espérée. Il avait soufflé, doucement, pour activer le feu, mais en vain. Surtout, il s'était mis à tousser avant de se rendre compte que la fumée commençait à envahir la petite pièce. Bientôt, les larmes lui étaient montées aux yeux, provoquées par la fumée et peut-être plus encore par la déception. Il avait compris que la cheminée avait dû être obstruée et qu'il n'y avait plus de tirage.

*

* *

Il a eu soif. Ses mains ont trouvé le sac tyrolien, sur la table. La gourde en peau de Grand'Pa était là, tout au fond. Ses mains l'ont agrippée et elle lui a paru bien légère. Il l'a débouchée et a porté le goulot à ses lèvres. Quelques gouttes ont coulé dans sa bouche : la gourde était vide. Il l'a pressée, dans ses deux mains, mais elle n'était plus qu'une poche flasque dont le goulot lui a laissé un goût de cuir un peu amer. Il s'en est voulu de sa paresse. La veille, il aurait été si facile d'aller chercher de l'eau à la source qui coulait à cinquante mètres, dans une excavation en dessous de la bergerie. Il s'est recouché. Il avait envie de pleurer...

*
* *

Insensiblement, le temps s'est distendu. Était-on encore à la nuit ? Ou bien était-on dimanche ? Cette question l'a amené à penser à sa mère. Il s'est alarmé du tourment qu'il allait lui causer. Même si elle s'efforçait de n'en rien laisser paraître, il la savait attentive à tout ce qui lui arrivait ou le touchait de près. Il a eu la vision fugitive d'une Miette, s'affairant comme toujours dans sa cuisine et jetant de fréquents coups d'œil sur le buffet pour conjurer le mauvais sort. Elle allait l'attendre pour descendre au village et se rendre à l'église, comme elle le faisait chaque dimanche, quel que soit le temps.

Pour la dixième fois peut-être, il a étendu les bras devant lui, les mains aux paumes ouvertes. Il a remué les doigts, un à un. Ç'a été une sensation bizarre. Ses mains flottaient, comme indépendantes. Il les savait devant lui mais elles paraissaient ne plus lui appartenir. Son regard les cherchait, en vain, et ses yeux ne rencontraient que le vide : ouverts ou fermés, ils ne servaient plus à rien. C'était une sensation qui l'amenait au vertige que de se sentir au centre de quelque chose d'indéfini, au-delà du noir, au-delà de l'obscurité, au-delà de la nuit. Il a ramené ses mains entre ses cuisses, les poings serrés, et il s'est recroquevillé sous les couvertures, boule de chair dont toutes les parties se communiquaient les unes aux autres leur chaleur et leur certitude pour continuer d'exister.

*

*   *

Il avait dû dormir et se réveiller plusieurs fois. Des déchirures de rêve encombraient ses pensées. S'y mêlaient de faibles traînées de lumière safran, des pans de roches plongeant dans une eau verte ou bleue qui brassait des remous sombres. Un mot tournait dans sa tête : « Gaïa ! », tentant vainement de franchir la barrière de ses lèvres desséchées. À la recherche de salive, les papilles de sa langue gonflée agaçaient son palais. Une main invisible serrait ses tempes. Ses yeux étaient ouverts sur un néant indistinct. Il a appelé :

« M'man ! M'man ! Gaïa ! Gaïa ! »

Athéna, la déesse aux yeux pers refusait de répondre. Il a bougé, cherchant à étendre ses jambes ankylosées. À nouveau, il s'est plaint :

« M'man ! Gaïa ! »

Ses oreilles ont perçu les sons inarticulés qui sourdaient de sa bouche. Plutôt qu'un appel, c'était une sorte de coassement qui lui irritait la gorge. Il s'est tu.

*

*   *

Il flottait dans une zone incertaine entre le sommeil agité et la conscience trouble de l'éveil. Une sensation nouvelle était née qui l'a amené à prêter l'oreille. Le grondement, dehors, avait dû reprendre, ou plutôt les chocs lointains sur le toit, au-dessus de sa tête. Pendant plusieurs secondes, une vague de frayeur l'a submergé : la bergerie ne résisterait pas à un nouvel assaut. Sans transition, l'image de Grand'Pa lui est apparue et avec elle la certitude que le vieil homme lui avait communiquée : le soleil du pertuis ne permettait pas qu'on meure dans l'année. Et lui, Augustin, avait vu le soleil. Il était incapable de savoir s'il y avait deux, ou trois, ou dix jours, mais il l'avait vu, et Gaïa avec lui. Cette pensée l'a rassuré. Il a dû se rendormir.

*

*   *

Maintenant, c'était des raclements, de petits coups qui se répercutaient dans les murs, des chocs légers qui se déplaçaient au-dessus de sa tête. Il a entendu quelque chose tomber par le tuyau de la cheminée. Intrigué, il s'est décidé à allumer la bougie pour vérifier s'il ne s'était pas trompé. Il s'est levé, a chancelé et s'est rattrapé de justesse à la table. Il a mis un long moment pour retrouver l'étagère et la boîte qu'il cherchait. Il a saisi et allumé la bougie avant de la passer devant la grille du poêle : des cristaux de neige « gros sel » brillaient faiblement, souillés de cendre froide... Et les bruits, au-dessus, étaient plus nets et même, semblait-il, des lambeaux de voix flottaient dans l'obscurité... Augustin a appelé :

« Grand'Pa !... P'titPa !... »

Il a eu du mal à entendre sa propre voix qui restait au fond de sa gorge. Il a repris son attente.

Les bruits se sont encore précisés et rapprochés : des tintements de lauzes qu'on déplaçait suivis d'un silence prolongé. Il a perçu des froissements de carton, des grésillements de paille et c'était presque sur sa tête. Quelque chose est tombé à côté de lui qu'il a saisi. Avec un peu de neige, ce devait être un sac de jute dont le tissu sec et rêche lui a gratté la main. S'en dégageait une odeur de terre et de renfermé qu'il a respirée goulûment. Brusquement, une fine colonne de clarté s'est dressée sur la paillasse. Aveuglé, Augustin a fermé les yeux et, miracle, la lumière filtrait au travers du voile rose de ses paupières.

Une voix a appelé, forte et anxieuse :

« Augustin ? Augustin ? T'es là garçon ? Augustin ? »

P'titPa a sacré :

« Nom de D... ! Y répond pas ! Vite ! Vite ! Donne-moi une corde ! Je descends ! »

XXII

Sauvetage

AUGUSTIN ÉTAIT ASSIS DEHORS, sur des cartons, le dos appuyé à un sac tyrolien que Jeymond avait posé à terre. Ses yeux papillotaient encore un peu, qu'il s'efforçait pourtant de garder ouverts ; ils ne perdaient pas une miette de ce qui était autour. L'endroit était méconnaissable et le garçon tentait vainement de comprendre ce qui avait pu se passer. N'apparaissait de la bergerie qu'une échappée de mur qu'on devinait à travers une sorte de crevasse. En dessous devait se trouver le portail qu'il avait tenté d'ouvrir. La bâtisse avait disparu sous la neige.

Il suffisait de lever la tête pour suivre le chemin jonché de boules et de cailloux que le fleuve glacé avait tracé depuis la corniche, tout en haut, et dans laquelle une brèche géante marquait le vide laissé par la masse qui s'était détachée et avait amorcé sa descente. Par bonheur, le rocher contre lequel la bergerie était adossée avait servi de brise-lames. De la neige avait sauté par-dessus pour s'écraser sur le toit, mais le plus gros de la coulée s'était écarté de chaque côté de l'étrave de pierre pour ruisseler le long des murs, abandonnant au passage une gangue de neige qui enserrait la petite construction. Le flot avait continué vers l'aval, jusqu'à la forêt dans laquelle il s'était disloqué.

*

* *

Jeymond a tendu une gourde de soldat à Augustin. Elle était faite d'un métal léger recouvert d'une sorte de tissu feutré de couleur verdâtre. Il a proposé :

« Tiens ! Bois un coup ! T'as besoin ! »

Il a désigné la gourde et précisé :

« Celle-là, elle en a vu ! P'titPa, y te dira, il la connaît ! »

Augustin avait déjà vu une gourde identique chez Grand'Pa, et il savait d'où elle venait. Son père avait dû avoir la même, probablement, mais, dans la maison, à part la photographie sur le buffet, il ne restait pas de trace de la guerre qui avait tué son père. Il a porté la gourde à ses lèvres et bu une gorgée ; le feu a envahi sa bouche et il a toussé, très fort. Jeymond a souri :

« C'est du costaud hein ? C'est du café avec... avec une lichette de gnôle. Enfin, une lichette... faut c'qui faut hein ? Vas-y, bois. Ca va t'remonter ! »

Augustin a bu, plus lentement. Le liquide, froid, lui brûlait la bouche et infusait dans son corps une chaleur bienfaisante. La tête lui a tourné. Il a émis un bruit de gorge :

« Ouououhh ! »

Jeymond a ri. Il était appuyé du menton sur le manche d'une pelle qui lui faisait pencher la tête sur le côté. Il a dit gentiment :

« Faut qu'tu manges un peu aussi ! »

Après avoir fouillé dans le sac qui servait de dossier à Augustin, il a tendu une tranche de pain et un morceau de lard gras au garçon :

« Avale-moi ça ! Va doucement hein, sinon ça passera pas. »

Augustin a commencé à manger. Il mordait dans le lard, à pleines dents. Jeymond le surveillait attentivement ; il s'est léché les doigts que le lard avait graissés, avant de constater :

« Il est bon hein ? Et, quand on a faim, pas besoin de couteau ! »

En face d'eux, une tête a émergé de la neige, la casquette de travers. P'titPa a appelé :

« Pierre ! Attrape ça ! Le père, y s'ra content qu'on l'ait pas oublié ! »

Il tendait le sac tyrolien de Grand'Pa. Jeymond a saisi le sac et P'titPa s'est extirpé du trou que Jeymond et lui avaient creusé pour accéder au toit. Autour, quelques lauzes étaient posées sur la neige. P'titPa s'est approché, un grand sourire lui tirait la bouche vers l'oreille droite. Hilare, il couvait Augustin du regard comme s'il découvrait un trésor :

« Ah dis donc ! Ben, tu nous en fais de bonnes ! »

Il s'est inquiété tout à coup :

« T'as pas froid au moins ? »

Augustin a fait non de la tête.

« Bon, bon. Sinon faut le dire. »

*

* *

Augustin finissait de manger. Soudain, il a fermé les yeux. Le soleil venait de percer derrière le Ban du Peyron et le blessait cruellement. Il s'est tourné pour se protéger avant de faire signe à P'titPa qui s'est approché et s'est penché vers lui. Il a réussi à questionner d'une voix basse et rauque :

« Tu crois que je serai à l'heure pour la messe ? »

P'titPa s'est redressé ; son visage affichait un air incrédule. Il s'est étonné :

« Y veut aller à la messe !... Un lundi ! »

Enfin, il a dû réaliser pourquoi la question avait été posée et il s'est exclamé :

« T'entends Pierre ? Y vient d'passer au moins trente heures là-dessous et y pense à aller à la messe ! Sacré Augustin ! T'es pas une mauviette !... On est lundi ! Tu te rends compte ? Ta mère, Miette, elle peut être fière de toi ! Ouais, c'garçon-là, c'est quelqu'un ! Hein Pierre ?

– Sûr ! C'est quelqu'un ! »

Augustin a fini son pain et son lard pendant que les deux hommes le regardaient. Chacun à son tour, ils lui faisaient des recommandations :

« ... Prends ton temps va ! Maintenant, on est plus à la minute !

« ... Bois un p'tit coup ! Ça réchauffe ! »

*

* *

Ils sont descendus lentement. Augustin marchait entre les deux hommes qui le soutenaient chacun par un bras. De temps à autre, ils faisaient une pause. Augustin s'asseyait dans l'herbe sèche et laissait le soleil le réchauffer. Petit à petit, son esprit se pénétrait qu'on était déjà lundi et il n'en revenait pas de tout ce temps qu'il avait passé, tout seul, prisonnier de la neige dans la bergerie. Il écoutait P'titPa qui, comme à son habitude, monopolisait la conversation :

« J'commence à être "flapi" moi aussi ! Augustin, va falloir qu'tu m'aides ! »

Il a eu un grand rire :

« J'suis monté deux fois et, c'tte nuit, on a pas trop dormi hein Pierre ? »

Augustin a appris comment P'titPa était monté une première fois au début de l'après-midi du dimanche. Miette avait guetté le retour d'Augustin et, ne le voyant pas arriver, en avait conclu qu'il ne s'était pas réveillé à temps. Elle était allée à la messe, seule. Vers midi, elle s'était inquiétée et avait averti Grand'Pa et son fils qui était parti immédiatement :

« J'suis jamais monté si vite ! Quand j'suis arrivé aux Sambucs et qu'j'ai vu l'avalanche... ben... j'ai cru... j'ai cru... Tiens j'aime mieux pas dire c'que j'ai cru ! »

Comme un fou, il avait couru pour redescendre chercher des outils et quelqu'un pour l'aider. Tout de suite, il avait pensé à Jeymond, au Motty :

« Heureusement que t'étais là, hein Pierre ?

– Ouais, heureusement. D'habitude, à c'tte heure, j'suis plutôt aux boules à Saint-Firmin ! »

Les deux hommes avaient pris des outils et une corde. La femme de Jeymond était partie avertir Miette. Il devait être 5 ou 6 heures.

Ils étaient montés, aussi vite qu'ils l'avaient pu. Aussitôt arrivés, ils avaient attaqué le déblaiement. On était déjà à la nuit. La solution leur était apparue immédiatement. Il fallait passer par le toit où la neige n'était pas trop épaisse. À la lueur d'une lampe tempête, ils avaient manié le pic et la pelle presque toute la nuit.

*

* *

P'titPa a constaté :

« C'tte bergerie, c'est du solide ! Le toit, il a pas bougé. Y suffira de reboucher le trou qu'on a fait. On verra ça ; d'ici là, y a plus qu'à attendre qu'ça fonde ! Le père, y s'ra content ! »

P'titPa s'est tu avant de poursuivre :

« Le père... j'l'avais prévenu mais... c'que j'peux dire... »

Il a regardé Augustin du coin de l'œil avant de sourire :

« Bon... Tout l'monde peut s'tromper hein ? »

Puis, il a plastronné gentiment :

« Tu sais Augustin ? T'es tombé sur deux spécialistes hein ? Pierre et moi, on en a sorti quéques uns de sous des tas de terre ou des baraques écroulées ! »

Jeymond a tempéré :

« C'est vrai, c'est vrai... Mais c'était la guerre et on s'en serait bien passé... Et pis, y a tous ceux qui y sont restés parce qu'on a pas eu le temps... »

P'titPa est resté silencieux un long moment. Son sourire avait disparu. Ils ont repris la descente.

XXIII

Retour

Il devait être autour de 11 heures, le soleil avait envahi la vallée. Augustin et ses deux sauveteurs sont arrivés au Motty. Devant la scierie, un équipage attendait. Miette et Grand'Pa étaient là, assis à même le talus sur lequel la mule broutait tranquillement. Ils ne parlaient pas et leurs yeux ne quittaient pas le ruban poudreux de la route. Miette s'est dressée, elle a jeté :

« C'est eux ! »

Elle est partie ; elle marchait vite ; elle ne criait pas ; ses bras ne se tendaient pas mais tout son corps la portait vers l'avant. Elle est arrivée devant les trois hommes et elle s'est arrêtée. Elle a demandé :

« Ça va ? »

P'titPa a fait oui de la tête. Elle s'est mise à palper Augustin : le visage, le torse, les bras... et, tout ce temps, elle répétait sans se lasser :

« Merci mon Dieu !... Merci mon Dieu !... »

Les autres s'étaient écartés et la laissaient faire.

Grand'Pa restait en arrière, il tordait sa casquette entre ses mains. Il est allé vers P'titPa et s'est enquis à voix basse :

« Qu'est-ce qu'y a eu ? »

P'titPa a baissé le nez :

« C'est la corniche. Elle a cassé. Le gamin, il était dans la bergerie ; y devait dormir. »

Il a relevé la tête et a eu pitié de son père :

« T'en fais pas va. Il a rien d'cassé. Il a dû avoir peur, sûr... Et pis faim et soif, mais c'est tout. À part ça, la bergerie a tenu, grâce au rocher. Tu pourras monter quand même. »

Jeymond s'est adressé à P'titPa :

« Bon... j'me sauve ! Au barrage, y doivent s'demander c'que je fous ! »

Miette avait entendu. Elle s'est approchée et a embrassé Jeymond sur les deux joues. Elle pleurait quelques larmes, et souriait :

« Merci... merci...

– Oh ! c'est pas la peine. C'est normal. Et pis, l'Augustin, ma foi, c'est presque un homme hein ? Allez, à bientôt ! Salut Augustin ! Au barrage, un d'ces jours p't'être ? »

Il a tendu la main au garçon qui l'a serrée et a coassé :

« Merci m'sieur Jeymond ! »

Il est parti. P'titPa lui a crié :

« Heureusement que t'étais là hein Pierre ! »

Jeymond a fait un signe du bras, sans se retourner, un signe qui disait que c'était bien peu de chose.

*

*   *

Ils sont allés s'installer tous les quatre dans le petit char à banc. On était lundi et le travail attendait : ils sont rentrés. C'est P'titPa qui a commencé à raconter ce qui était arrivé, en minimisant pour ménager Miette. Augustin se contentait de quelques borborygmes qui pouvaient passer pour un accord.

Augustin est resté à la maison. Il a dû ingurgiter force bols de tisane que Miette l'obligeait à avaler brûlante :

« C'est bon pour ta gorge ! C'est du thym et de la sauge ! Allez ! Bois pendant qu'c'est chaud ! »

Il s'est couché tôt. Miette est venue jusqu'à son lit ; il y avait des années qu'elle ne l'avait pas fait.

Elle a posé sa main sur le front de son fils et a souri :

« Bon ! ça va, t'as pas de fièvre ! »

Elle est partie sur la pointe des pieds et a fermé la porte derrière elle. Augustin s'est retrouvé dans le noir. Il s'est relevé pour aller ouvrir la porte. Miette, surprise, a demandé depuis le poêle :

« Qu'est-ce qu'y a ? Ça va pas ? »

Elle s'est approchée et Augustin a murmuré :

« Ça va mais... j'ai besoin de la lumière... »

Elle a paru surprise mais n'a pas fait de commentaires.

*

* *

Augustin a sursauté. Il était en sueur. Dans son rêve, il tentait vainement de percer le toit de la bergerie sous lequel une voix appelait, une voix qu'il ne reconnaissait pas et qui, cependant, lui était familière. Il s'est tourné dans son lit pour regarder la porte de la cuisine qui laissait passer la lumière de la lampe au-dessus de la table. Il a découvert, de dos, quelqu'un qui était accoudé, dans une pose un peu accablée, quelqu'un qui faisait face à Miette et parlait lentement : Augustin l'entendait à peine. Ce devait être une femme. Miette ne faisait qu'écouter. Ça a duré longtemps. La personne s'est levée. Augustin a reconnu Mme Duteil. Il s'est rappelé qu'on était lundi et que Gaïa avait dû remonter de Grenoble. En dépit de cette pensée, il a eu peur. Il devait être 10 heures au moins et l'institutrice ne les avait pas habitués à des visites aussi tardives.

Miette s'était levée à son tour. Elle a pris Mme Duteil dans ses bras et l'a embrassée avant de l'accompagner jusqu'à la porte. Augustin n'a pas osé bouger. Une angoisse était née qui l'empêchait de respirer.

*

* *

Le lendemain matin, à son réveil, il a titubé un peu sans pouvoir décider si sa fatigue en était la cause ou bien les lambeaux confus de son rêve qui lui embrumaient la tête. À Miette, qui le regardait avec inquiétude, il a assuré qu'il se sentait assez fort pour aller chez Grand'Pa. Elle a insisté pour qu'il mange deux ou trois tartines et boive un grand bol de lait :

« T'as besoin ! Même si ça passe pas bien, t'as besoin ! »

Elle ne le quittait pas des yeux et, quand il a eu tout avalé, elle a demandé d'une voix qu'elle s'efforçait de rendre ferme :

« T'es sûr que t'es assez solide ? En tout cas, fais-en pas trop ! De toute façon, Grand'Pa sait ça aussi bien que moi ! »

Augustin est sorti. Il a fermé la porte, doucement. Il a suivi son chemin habituel, sans même s'en rendre compte. Ses yeux voyaient tout : les maisons, la route poussiéreuse, les porches, le chat qui traversait... mais ils n'enregistraient rien. Il ressentait un vide en lui, un vide qui ressemblait à l'obscurité sans fond dans laquelle il s'était débattu, là-haut, victime de cette corniche, cette vague qui s'était ruée et l'avait gardé prisonnier pendant deux nuits entières.

*
* *

La matinée s'est déroulée sans heurt. Il a travaillé un peu. P'titPa a senti que le garçon avait la tête ailleurs et l'a ménagé. De temps à autre, il s'inquiétait :

« T'es sûr que ça va ? Prends ton temps, on est pas pressé ! »

À midi, Grand'Pa, P'titPa et le garçon étaient réunis dans la salle. Tous trois étaient contents de se retrouver autour de la daubière mais on sentait le vieil homme en recul, le regard inquiet et chargé d'on ne savait quoi quand il regardait le garçon. Ils n'ont que peu parlé de la bergerie si ce n'était pour évoquer les outils qu'on y avait abandonnés et qu'il faudrait rendre à Jeymond. Il y avait le toit aussi qu'il faudrait réparer. Augustin écoutait distraitement. Il avait peu mangé et se sentait une vague nausée.

P'titPa, qui trouvait l'atmosphère pesante, a repoussé son assiette et s'est adressé à son père :

« Tu connais la dernière de Couderc ?

– Non, et ça m'intéresse pas d'trop... C'est sûrement encore un d'ces tours qu'y a que lui pour inventer ça. »

Augustin avait dressé l'oreille. P'titPa a pris son temps comme il savait si bien le faire :

« C'est arrivé vendredi après-midi, pendant qu'vous étiez aux Sambucs. L'Couderc, il avait dû aller rôder sur le chemin du torrent, pour braconner soi-disant. Paraît qu'il y allait de plus en plus souvent depuis quéque temps... L'soir, il était pas rentré. L'Émilie a rameuté le hameau. Tout le monde a pensé qu'y s'était "cuité" tout seul. Quand même, y sont partis à deux ou trois pour l'chercher. Y avait Rinçon et j'sais plus trop qui. Finalement, ils l'ont trouvé, vers 11 heures. Enfin, et c'est ça qui est bizarre... et chanceux aussi, d'abord y z'ont trouvé l'fusil, tout seul, appuyé contre un arbre au bord du chemin et... pas d'Couderc ! Bien sûr, y z'ont appelé et cherché tout autour. Y en a un qu'a eu l'idée de descendre en bas du talus qui est bien raide à c't'endroit. Qu'est-ce qu'y voit ? Mon Couderc... Il avait roulé, va savoir pourquoi... Par chance, y s'était arrêté just'avant l'eau ! Y gueulait mais on pouvait pas l'entendre à cause du bruit du torrent. Salement amoché qu'il était ; sa patte gauche, paraît qu'elle était pas belle à voir. Même qu'y risque de boiter à perpette... Ça va lui couper l'envie de braconner... ou d'aut'chose ! »

P'titPa s'est tu pour juger de l'effet de son récit. Augustin le regardait, fasciné. Grand'Pa a demandé :

« Alors, il avait bu ? »

P'titPa a pris un air mystérieux :

« Penses-tu ! Il avait pas picolé. Les autres, ça les a étonnés ; ils lui ont demandé comment il avait fait pour s'retrouver là et son fusil en haut. Paraît qu'y s'rappelait plus. Quand y z'ont insisté, l'Émilie surtout qu'on avait prévenue, y s'est fâché tout rouge, nom de D... qu'ça s'voyait c'qui était arrivé, qu'il était tombé voilà tout ! “Mais, et l'fusil ?” qu'elle a insisté l'Émilie. L'Couderc, il a oublié sa patte cassée. D'colère, il a voulu s'lever et y paraît qu'il a gueulé si fort qu'on devait l'entendre jusqu'à la Broue ! »

P'titPa a conclu :

« Ma foi, j'crois qu'on saura jamais comment qu'il est tombé l'Couderc et si même quelqu'un l'a pas poussé ! Y en a plus d'un qu'en a envie j'suis sûr !

– Ouais, mais dans ce cas, l'Couderc, il l'aurait dit non ?

– P't'être qu'y peut pas... Tout dépend de qui c'était ! Va-t'en savoir ce qui s'est passé ? »

P'titPa est resté un moment songeur avant de se lever :

« Tu viens Augustin ? »

Le garçon était pâle. Il n'a qu'à peine hésité avant de répondre :

« Tout à l'heure... j'aimerais bien aller faire un p'tit tour. »

Les deux hommes l'ont laissé partir. Il allait en direction du chemin du torrent.

*

* *

Il a remonté le chemin, lentement. Son corps répondait bien, ses jambes le portaient, presque comme à l'habitude. Il a reconnu au passage tel arbre court, au tronc torturé, dont il avait donné le nom à Gaïa, un pin à crochets, ou telle pierre qu'elle avait examinée avec attention, enfin une foule de petites choses auxquelles il s'était tellement habitué qu'il les voyait, bien sûr, mais sans se rendre compte qu'elles étaient là et participaient, par leur seule présence, au bonheur caché que la proximité de Gaïa lui procurait. Aujourd'hui, tout était là, et tout était différent. Il s'est arrêté, plusieurs fois. Il se retournait, s'attendant à voir la silhouette qu'il espérait sans oser se l'avouer. Peut-être allait-elle surgir du chemin qu'ils avaient parcouru ensemble le « jour de l'écureuil » ? Mais non, il ne se passait rien.

Un peu plus tard, une pensée que le récit de P'titPa avait fait naître, et qu'il s'efforçait en vain de chasser, s'est mise à le tarauder. Il a cherché et inspecté, tous les dix mètres, et à chaque terre-plein, il était sûr que c'était là que Couderc était tombé. N'y avait-il pas, de l'autre côté du chemin, cet arbre contre lequel, précisément, le fusil avait dû être appuyé ? Augustin se penchait, regardait le torrent qui grondait au fond du ravin ; ses yeux fouillaient la rive à la recherche d'un indice, puis remontaient la pente raide sur laquelle « l'autre » avait dû rouler on ne savait ni comment ni surtout pourquoi. Le garçon faisait de gros efforts pour chasser certaines images insupportables, s'efforçant de ne garder que celles du corps qui rebondissait comme une bête morte avant de s'arrêter au bord du torrent. Il a poursuivi cette quête sur plusieurs dizaines de mètres.

Plus haut, un sentiment inconnu l'a effrayé et rejeté au milieu du chemin : une envie de tuer lui était venue, contre laquelle il a lutté pendant un long moment. Brusquement, la lassitude l'a envahi. Il est rentré.

*

* *

Trois jours ont passé. Augustin avait retrouvé ses forces et, semblait-il, repris ses habitudes mais Grand'Pa a eu tôt fait de se rendre compte que le garçon n'était plus le même. Il en a fait la remarque à P'titPa :

« Augustin, ça va pas fort...

– Ah ? tu trouves ? Pourtant, y travaille autant qu'avant et, j'dirais même qu'y travaille plus.

– Ouais... pour travailler, y travaille mais j'vois bien moi "qu'y s'regarde en dedans" ! »

P'titPa n'a rien trouvé d'autre à répondre que des banalités :

« Bah ! Ça va passer ! Quand même, faut comprendre, il a dû avoir peur ! »

Il s'est mordu la langue et s'en est voulu d'alimenter par cette remarque le remords qu'il devinait chez son père.

*
* *

Un soir où Augustin revenait de sa sortie le long du torrent, Grand'Pa a manœuvré pour se retrouver seul avec lui. Il a invité :

« Tiens, garçon, viens donc, on va se reposer cinq minutes ! »

Il s'est assis sur la pierre, contre le mur, toujours à la même place. Son dos devait en connaître toutes les aspérités qui grattaient à travers la chemise et ses fesses, les creux et les bosses de la pierre qui servait de banc. Augustin s'est assis à côté de lui. Le garçon avait le regard tourné vers la barrière de Féraud mais Grand'Pa aurait pu jurer que ces yeux-là ne voyaient rien. Il a demandé :

« Ça va garçon ?

– Ben, oui... oui...

– T'es sûr ?

– Ben oui. J'suis sûr.

– Tu comprends ? J'sais pas moi... Tu pourrais... enfin... Ça s'pourrait que... »

Grand'Pa a poussé du pied un caillou qui était là. Il s'est lancé :

« J'voulais t'dire... C'qui est arrivé l'autre jour, là-haut, on peut dire qu'c'est de ma faute. P'titPa avait raison... C'tte putain de corniche, j'aurais dû me méfier. »

Augustin a regardé Grand'Pa en face :

« Faut pas dire ça, Grand'Pa. T'y es pour rien. C'est moi qui ai voulu rester et j'regrette pas. Tu sais ? J'y pense même plus. »

Grand'Pa a souri :

« C'est vrai ? T'y penses plus ? Ah ! Bon ! Bon ! Ça me soulage... j'croyais qu'tu m'en voulais !

– Oh ! Grand'Pa ! Jamais j'ai pensé ça !

– Bon ! J'suis bien content. Mais... alors... pourquoi qu't'es triste et que tu me dis presque plus rien ? »

Augustin a regardé le sol entre ses pieds :

« J'sais pas, c'est comme ça. Mais ça va aller mieux, sûrement... »

Grand'Pa lui a serré le bras, amicalement :

« Ouais, sûrement ! Pis, la semaine prochaine, on aura du boulot. On s'ra plus que nous deux puisque P'titPa aura commencé au barrage. On s'ra bien, tu verras !

– Oui Grand'Pa... On sera bien... »

*

*   *

Plus tard, alors qu'il revenait à la maison, Augustin a reconnu Mme Duteil. Celle-ci ne l'a pas vu. Elle marchait vite, la tête baissée et s'est engouffrée dans l'escalier qui menait à son appartement. Sans aucun doute, elle avait dû rendre visite à Miette. Augustin a senti l'appréhension lui tordre l'estomac. Il y avait maintenant quatre jours qu'il était redescendu des Sambucs et il n'y avait pas trace de Gaïa.

Il a poussé la porte. Miette était assise à la table. Elle l'a regardé entrer. Il a lu dans ses yeux que quelque chose avait dû se produire, quelque chose d'irrémédiable. Il s'est assis en face d'elle et ils sont restés silencieux un long moment. Aucun des deux ne semblait en mesure de prononcer le premier mot. Finalement, Augustin a ouvert la bouche pour demander avec cette voix enrouée qui lui râpait la gorge :

« Mme Duteil, qu'est-ce qu'elle voulait ? »

Miette n'a pas répondu tout de suite. Ses lèvres bougeaient, comme celles de quelqu'un qui cherche ses mots. Enfin :

« Elle est venue se faire consoler. C'est à cause de Gaïa... »

Augustin est devenu tout pâle. Ses deux mains se sont torturées l'une l'autre sur la table. Miette a poursuivi, et chaque mot lui coûtait :

« Oh ! Elle a rien hein ? Elle est pas malade... non... non... Mais, elle remontera pas. Elle dit qu'elle veut pas remonter... qu'elle peut pas... Même sa mère a pas compris pourquoi. Gaïa, tu la connais bien toi ?

Tu sais bien que quand elle décide... Il a dû se passer quelque chose, sûrement, mais on sait pas quoi... Voilà... »

Miette regardait son fils dont les mains étaient maintenant à plat sur la table :

« J'savais que ça te ferait de la peine mais... fallait bien que tu sois au courant. Pis, tu sais ? Gaïa, elle a insisté pour qu'on te dise quelque chose qui était que pour toi, que tu comprendrais. Elle a dit comme ça qu'elle oublierait jamais le tertre de l'équinoxe. Voilà... »

Augustin avait les yeux fixés sur ses mains. Il les a promenées sur le dessus de la table en dessinant de petits cercles, machinalement. Il s'est levé comme au ralenti. Il a réussi à parler, d'une voix cassée :

« Merci m'man. T'as bien fait de me dire. J'crois que je vais aller me coucher. »

Il est sorti et a fermé la porte derrière lui, ce qui a étonné douloureusement Miette alors que tous ces derniers jours, Augustin semblait ne pouvoir supporter le noir. La lampe, au-dessus de la table, restait allumée jusqu'à ce qu'il s'endorme.

Il s'est étendu sur son lit, tout habillé. Il a gardé les yeux ouverts dans le noir ; il était bien au-delà de la peur. Il a senti le chagrin venir, l'entourer silencieusement, le pénétrer en occupant bientôt toute la place dans son corps qui s'abandonnait. Sans secousse, des larmes amères descendaient, brûlantes, vers ses tempes. Il a mis de longues minutes avant de prendre conscience de ce que faisait sa main gauche avec un petit morceau de bois qu'elle avait retrouvé entre le cadre du lit et le matelas.

XXIV

Sur le chemin du torrent

21 juin 193... fin d'après-midi

AUGUSTIN FAIT DEMI-TOUR, malaisément, prenant garde que le torrent ne l'emporte. Il atteint la rive, ses jambes et son ventre douloureux comme si on l'avait battu longtemps. La raison lui revient peu à peu, ainsi qu'à chaque fois qu'il se retrouve ici, dans l'eau glacée...

*

* *

Ça lui arrive, de temps à autre, quand l'envie est trop grande, sans compter quelque chose de plus fort qu'il ne sait qualifier. Il traverse Corps où Miette et lui habitent depuis peu avec le nouveau mari de Miette, P'titPa, à qui il emprunte son vélo. Après la descente sur le Motty, il gravit la petite route jusqu'au hameau. Il évite de passer devant la maison de Couderc. Assis près de la fenêtre ouverte, celui-ci reste de longues heures à surveiller on ne sait quoi dehors. Augustin ne s'arrête qu'à peine devant la ferme de Grand'Pa qui est aux Sambucs, avec les brebis, pour la dernière année sans doute. Ensuite, lui aussi viendra habiter à Corps. Tout est arrangé. Il pourra garder quelques brebis, trois ou quatre, et la mule, pour le plaisir.

*

* *

Augustin ôte ses chaussures et ses chaussettes qu'il tord soigneusement, et le pantalon aussi. Il se rhabille en frissonnant et se rechausse, jette un dernier coup d'œil sur la pente au-dessus qui se noie dans la brume ; elle a oublié le chamois qui tentait de fuir. Augustin a un sourire amer : Couderc ne viendra plus braconner ici. Gaïa, si elle était présente aujourd'hui, n'aurait pas eu à le haïr pour ça, et autre chose sans doute.

Gaïa. Il faudra bien qu'il s'en déprenne. Il y aura trois mois bientôt qu'elle ne monte plus. Les vacances approchent. Mme Duteil a annoncé à Miette qu'elle non plus ne reviendrait pas au hameau pour la rentrée prochaine. Augustin n'a pas compris pourquoi il lui faut, paraît-il, s'occuper de Gaïa. Elle ira donc faire la classe à Grenoble.

Gaïa ne quitte pas ses pensées mais, avec le temps, les choses sont devenues différentes. Il lui arrive de la confondre avec cette déesse qu'elle lui avait fait découvrir, Athéna aux yeux pers, toujours présente même quand on ne la voit pas. Elle doit le protéger sans doute puisqu'il est revenu de là-haut et, cependant, il se demande parfois en quoi il a pu lui déplaire. Il rêve d'elle, souvent, toujours de la même façon, dans des méandres qui mêlent le soleil du pertuis et la corniche qui a failli le tuer. Gaïa est dans le rêve, même si ses traits n'apparaissent jamais. Elle l'enveloppe de plis, couleur safran, dans lesquels ses mains à lui cherchent et, quand elles trouvent, Augustin se réveille la tête et le corps en feu.

Quand il ne dort pas la nuit, et ça lui arrive assez souvent, il se remémore l'histoire de cet homme, qu'elle lui a racontée, ce grec qui avait déplu aux dieux en défiant la mort. On l'avait condamné pour ça ; il lui fallait pousser un rocher en haut d'une montagne et, chaque fois qu'il y parvenait, le rocher dégringolait dans la vallée. Augustin sourit tristement. C'est un peu son histoire à lui. Il sait qu'en bas, dans deux ou trois, ou huit jours, son rocher le rattrapera et qu'il sera obligé de le pousser, sur le chemin du torrent, jusqu'ici avant de pouvoir redescendre. Il a cherché, longtemps, le nom de cet homme et, la nuit dernière, ce nom lui est revenu. Il a décidé de l'adopter, uniquement pour lui-même, comme Gaïa avait adopté le sien. Dorénavant, quand il viendra ici, seul, il sera Sisyphe.

Échirolles, le 17 décembre 2005

Table des matières

Imprimé en U.E.
Dépôt légal : juillet 2020
ISBN : 978-2-8129-3249-6
ISSN : 1627-6779

www.deboree.com
livres@centrefrance.com